DREAMBOOKS

전사9가

전생자 12

초판 1쇄 인쇄 2019년 5월 9일
초판 1쇄 발행 2019년 5월 23일

지은이 나민채
발행인 오영배
편집 편집부
일러스트 eunae
본문편집 오정인
제작 조하늬

펴낸 곳 (주)삼양출판사 · 드림북스
주소 서울시 강북구 도봉로 173
대표 전화 02-980-2112 **팩스** 02-983-0660
편집부 전화 02-987-9393 **팩스** 02-980-2115
블로그 blog.naver.com/dreambookss
출판등록 1999년 3월 11일 제9-00046호

ⓒ 나민채, 2019

ISBN 979-11-283-9631-1 (04810) / 979-11-283-9410-2 (세트)

드림북스는 (주)삼양출판사의 판타지 · 무협 문학 브랜드입니다.

ORIGINAL FANTASY STORY & ADVENTURE

나민채 판타지 장편소설

12

천생자

dream
books
드림북스

목차

Chapter 1.

　2막 2장이 시작된 지 몇 달이 지난 어느 날.

　내 도시로 돌아와 보니 성일이 기다리고 있었다. 때가 되면 나를 찾아와 식량을 놓고 가곤 했었는데, 이번에는 맨손이었다.

　또한 그의 표정은 불쾌하게 굳어져 있었다. 그가 왜 왔는지 알 것 같았다.

　"찾았군?"

　성일은 그렇다고 대답하며 뒤춤에서 피지(皮紙) 하나를 꺼냈다.

「 ＊ 모든 클래스, 모든 등급 환영.

우리와 함께라면 브론즈도 골드가 될 수 있습니

다. 망설이지 마십시오. — 테츠야 공격대.

찾아오는 길 : 사쿠라 군단 본부 뒤편, 13번 천막 」

"이것들이 날름 잡숴 버렸어. 쓰벌 것."

"어떻게 알았어?"

"밀고자가 있었어. 어쩔까. 당장 잡들이혀?"

"이미 시작해 버린 이상 그런다고 될 일이 아니다. 벌써
죽여 버린 건 아니겠지?"

"그건 아닌디."

"그럼 이렇게 하지."

＊　　＊　　＊

검은 파편은 퀘스트 시작 아이템이다.

모든 무대에서 발생했지만, 어디에서도 끝을 보지 못했
던 퀘스트이자, 그랬기에 칠마제의 존재를 세상에 처음으
로 알린 것으로만 그쳐 버린 퀘스트가 거기에 품어져 있다.

하지만 가장 많이 진행시켰던 육악(六惡)의 추정에 의하
면 연계 퀘스트의 최종 보상은 칠마제 중 어느 하나와 직접

적으로 연관된 아이템이었다.

2막 2장에서만 발생되었던 퀘스트, 즉 2막 2장의 히든 보상인 것이다.

정말로 칠마제와 연관된 아이템이 최종 보상으로 안배되어 있는지는 끝까지 도달해 봐야 알 일이다만······.

어쨌거나 지금껏 내 도시를 비롯한 레볼루치온의 시작 도시들을 빠르게 돌고 있었던 까닭은 레벨 업 외에도 바로 그것 때문이었다.

「검은 파편 발견 시, 협회에 보고 요망.

보고자에게는 협회 차원의 충분한 보상이 있을 것.

단! 보고하지 않고 무단으로 사용할 경우 엄벌에
처함.

— 세계 각성자 협회 —」

남방의 도시 외벽에도 공고문이 붙어 있었다.

이태한이 가짜 세계 각성자 협회(3)과 신 삼합회를 통합한 직후부터 그 자리에 붙여져 있던 것으로 세월의 흔적이 다분했다.

처음에는 이걸 붙여야 할지 고민이 많았지만 달리 방법이 없었다.

검은 파편이 전 무대의 2막 2장에서 하나씩 출몰한다는 사실만 알려져 있었을 뿐이지, 특정된 던전이나 몬스터가 없었다.

최선은 나한테가 아니라면 협회의 주력 공대들처럼 시선이 바로 미치는 그룹들에게 드랍되는 것이었다. 그것도 아니라면 공고문을 보고 알아서 바쳐 오던지.

그래도 최악은 아니었다.

최악은 퀘스트를 시작한 그룹이 첫 퀘스트에서 전멸하는 것이다.

더 최악은 장이 끝날 때까지 그런 사실을 조금도 파악하지 못한 채, 최종장을 맞이하는 것일 테고.

"いらっしゃいませ(어서 오세요)."

인기척을 내자 고개 숙인 여자가 나를 보지도 않고 말했다.

십 대를 갓 넘긴 외모지만, 그것만으론 판단할 수 없을 만큼 많은 시간이 흘러왔다. 속에는 아마도 능구렁이 한 마리가 똬리를 틀고 있을 것이다.

여자가 물었다.

"張り紙を見て来たの(벽보 보고 왔어)?"

"もちろんだ(물론)."

여자는 그녀의 앞자리를 턱짓으로 가리켰다. 거기에 앉

는 동안 나를 훑어보는 시선이 노골적이었다. 그러나 C등급 아이템 풀셋을 갖춰서 왔기 때문에, 나를 경시하려던 표정은 금방 사라졌다.

"눈빛 좋고. 무장도 제법이네. 잘못 찾아온 거 아니야? 육성은 필요 없어 보이는데?"

"너희들의 정규 공대에 관심이 있어서 왔다. 자리 있나?"

본토인들이 듣기에는 살짝 귀에 거슬리는 발음이 있을 수밖에 없는 것이었다.

여자의 눈썹이 꿈틀거리며 순간 날이 선 목소리로 물었다.

"중국인? 한국인?"

"한국."

"……구라 치면 알지? 한국인이 여기까진 무슨 일이야."

그렇게 묻고 있긴 하지만, 여자의 시선은 벌써 음흉한 빛으로 물들어 있었다.

"실력이 딸리는 일은 없을 거다. 문제도 일으키지 않으마. 배분도 많이 양보하지. 그러니까 자리가 없다면 만들어 내. 서로 이득일 테니까."

"자신감이 대단하네. 그것은 좋아. 그런데 특히. 한국인 범죄자라면 우리라고 얽히고 싶겠어?"

"……."

"당장 안 내쫓은 게 어디야. 말해 봐. 무슨 죄를 짓고 도 망친 거야?"

"죄랄 것도 없다. 여자 하나 건드린 것뿐이니."

"당신, 그런 캐릭터로 안 보이는데?"

"보여 줄까?"

그제야 여자는 까르르 넘어갔다.

"건드려서는 안 될 여자를 건드렸구나? 누구 여자였 어?"

"김지훈이라고 있다."

"김지훈…… 김지훈…… 일성 군단의 김 상을 말하는 거 아니지?

"그 새끼 맞다. 제 여자 하나 만족 못 시키는 쓰레기 새 끼지."

"당신. 협회 사람이었어?"

"길드장 직할에 있었다. 이젠 빌어먹을 개 같은 신세지 만."

"그러니까 당신이 거물이라는 거야?"

"엠병. 이 짓거리 계속해야 하나?"

"레벨은?"

"260."

"플래티넘? 강하네. 맘에 들어. 우리나라 말을 잘하는 것도 플러스 점수. 일단 기다려 봐. 당신 말이 사실인지, 확인 정도는 필요하잖아? 무턱대고 다 믿어 줄 순 없지."

"그런 게 왜 필요하지? 내 능력이 곧 나를 증명하는데. 지금 당장에라도 확인시켜 줄 수 있다. 뭐든지 원하는 방식으로."

"진정해, 진정. 절차라는 게 있는 거니까. 당신이 정말 김 상의 여자를 건드렸다면 우리도 생각해야 할 게 한두 가지가 아니거든."

앞에서 히히거리는 웃음소리가 나왔다.

"금방 돌아올게. 꼼짝 말고 있어."

이윽고 여자는 한층 밝아진 얼굴로 돌아왔다.

"당신, 이름이 뭐야?"

"권기철."

그러자 여자의 얼굴에 배어 있는 음흉스러운 미소가 더욱 짙어졌다.

"정말로 김 상의 여자를 건드렸던데? 단단히 미쳤었구나? 겁이 없는 거야 아니면, 그냥 색광(色狂)이야? 어느 쪽?"

"놈들이 왔나?"

"색광이었네. 쫄기는. 왔다 갔대. 여기까지 내려온 거 보면 당신, 잡히면 아주 큰일 치르겠어."

"재미있나?"

"상황이 그렇잖아. 아이템 때문도 아니고 고작 여자 하나 때문에 당신 같은 사람이 이게 무슨 꼴이야. 아랫도리 간수 좀 잘하지 그랬어."

"자리나 만들어 둬."

"있지. 많이 생각해 봤는데, 나 같으면 경험치만 받아도 감사할 것 같아."

"뭐?"

여자는 대답 대신 나무 상자를 뒤적인 다음 내게 뭔가를 던졌다. 후드가 달린 가죽 자켓이었다.

"얼굴이나 가리고 다녀. 누가 우리 권 상을 알아보면 어떡해? 옷깃만 스쳐도 인연이라는데, 권 상이 잡혀가면 나도 속상할 거야."

그렇게 나를 향해 눈꼬리를 말아 감았다.

호구 하나 제대로 걸려들었다는 의미의 미소가 틀림없었다.

호구도 어디 보통 호구인가.

플래티넘 구간의 대단한 몸종이 알아서 기어 들어왔는데?

"가자. 공대장님 봬야지."

"내 약점을 잡았다고 생각한다면…… 명심해. 끝이 좋지 않을 거다."

"그렇게 무섭게 노려보면 나 흥분해 버려. 책임질 수 있어?"

여자는 씩 웃으며 계속 말했다.

"걱정 마. 나를 잘 따라오면 후회할 일은 없을 거야. 권상."

여자가 먼저 들어간 건물 앞에서였다.

둘의 대화 소리가 민감해진 감각을 툭툭 건드리며 들어왔다.

"일성 군단장의 여자를 건드렸어. 둘이 질펀하게 놀아났었나 봐."

"협회 방침은?"

"사람 죽인 것도 아닌데 뭐. 하지만 군단장의 사람들이 전 도시를 뒤지고 다니고 있어. 잡히면 골로 가는 신세야."

"일성 군단장이라고 처벌을 면치 못할 텐데?"

"직접 피 묻히지 않고 죽이는 방법이야 수두룩하잖아."

"하긴…… 인상은?"

"스마트해 보이는데 거칠어. 의외로 멍청한 녀석일지도. 무턱대고 우리한테 온 것만 해도 그렇잖아."

"그건 두고 보면 알겠지. 우리를 얕잡아 보고 있는 것일 수도 있다."

"벽보 보고 왔다니까, 그럴 수도 있지만. 어찌 됐든 오리가 파를 짊어지고 나타난 거야. 히히. 플래티넘 오리라고."

"데려와."

"테츠야. 잊지 마. 그놈만 한 것은 다신 찾을 수 없어. 충분할 거야."

고작 이따위 녀석들이 전설의 퀘스트를 진행하고 있다니.

통탄할 노릇이다.

*　　　*　　　*

테츠야라는 녀석과 계집 사야카는 그들의 공대원들을 내게 소개시켜 주었다.

골드 구간 이하로 구성되어 있었고, 테츠야와 사야카만 플래티넘 중반에 걸쳐 있었다. 가짜 신분상에서는 공대원 중 세 번째 서열의 레벨이 되는 거였다.

한 명씩 안면을 트던 중에, 밀고자의 차례가 도래했다.

"난 류이치다."

바로 이 녀석 덕분에 시작돼 버린 퀘스트를 뒤쫓아 올 수 있었다.

녀석들에게는 배신자에 밀고자지만, 내게는 가증스럽게 고마운 놈이다. 녀석의 밀고가 없었다면 이것들의 전멸과 함께 퀘스트도 그대로 증발해 버렸을 일이었다.

계획은 그랬다.

퀘스트를 인계받을 수 있는 방법이 있었다면 그리했을 것이나 그런 방법이 전무한 이상.

이것들과 함께 끝을 보는 거다. 하지만 최종 보상은 내 수중으로 들어오겠지.

보아하니 테츠야 녀석의 공대원들은 자신들이 위험한 퀘스트를 진행하고 있다는 사실을 조금도 모르는 것 같았다.

테츠야와 사야카.

두 남녀만 비밀을 공유한 채, 공대원들을 속이고 있었다.

"협회에 있었다며?"

"……."

"왜. 너도냐? 레벨 차이 나는 녀석과는 말도 섞지 않는 부류?"

"아니. 그냥 지금 상황이 엿 같군."

녀석은 무슨 일인지 알겠다는 듯이 큭큭 웃었다. 그때부터 녀석은 내 곁을 맴돌기 시작했다.

한국인, 정확히는 협회의 일원이었던 내 가짜 신분에 관심이 큰 녀석이었다. 협회에서 있었던 일들을 물어 왔고, 또 한 번은 오딘을 직접 본 적이 있냐면서 눈동자를 빛내기도 했다.

이 빌어먹을 공격대가 움직이기 시작한 건 그날 오후였다.

계집이 제 공대원들에게 내 실력을 검증하는 시간이 될 거라며 떠들어 댔을 때.

곧바로 퀘스트를 진행하려 한다는 걸 직감할 수 있었다.

도시 외곽에서도 끝자락에서였다.

볼품없는 건물은 하위 구간의 각성자들만 왕래하는 곳이었다.

이 도시의 협회 사무관도 퀘스트 정령 옆쪽에 테이블을 가져다 놓고 접수를 받고 있는 중이었는데, 계집은 거기로 향하는 와중에도 내게 눈빛을 보내왔다. 후드를 잘 눌러쓰고 있으라는, 아주 친절한 눈빛이었다.

그렇게 진입한 건물은 F등급에서 E등급으로만 구성된 곳으로 층계가 시작되는 곳마다 어김없이 안내도가 붙어 있었다.

새로 들어온 그룹들은 그것부터 확인하고 있었으며, 또 그 자리가 각 공대장들끼리 여러 정보를 주고받는 공간이 되어 있었다.

한편 이미 공략을 마친 자들은 피비린내를 잔뜩 풍기며 위층의 계단에서 내려오고 있었다.

그래서 바닥은 핏물들로 미끈거리고 더러웠다.

공대장 놈과 계집을 따라서 다시 움직였다. 계단을 오르고 복도를 지났다.

계집이 대표로 한 방문을 열자 내부의 광경을 막아서는 푸른 막이 생성됐다.

[등급: E

구역: 집영소 (마루카 일족)]

본 시대에서는 이런 정보 창이 뜨는 법이 없었다.

쉼 없이 그 안에서 죽고, 공략이 끝나고 나서야 혹은 탈주의 인장으로 도망쳐 나온 자가 있은 후에야 어떤 위험이 도사리고 있는지 알 수 있었던 것이 지난 과거였다.

한데 던전의 바뀐 법칙은 그뿐만이 아니다.

믿기는가?

문을 닫으면 그대로 던전이 다시 봉인되어 버리는 것이!

믿기는가?

탈주의 인장이 없어도 자유로운 왕래가 가능해진 것이!

둠 카오스의 개입이 사라지고 남은 부분들이 내게로만

집약되면서 비롯된 일이다. 2막 2장은 그런 평화와 안전 속에서 구축되었다.

던전 혹은 인류의 게이트.

무엇이라 명명하든, 칠마제 군단의 소굴 하나 속으로 나 또한 몸을 밀어 넣는 순간.

[탐험자가 발동 하였습니다.]

던전 밖에서는 느끼지 못했던 기운이 공대장 테츠야 녀석의 몸 안에서 전해져 왔다.

공기처럼 희미해서 다른 녀석들은 느끼지 못하겠지만 내게는 아니었다. 몸을 불쾌하게 건드리는 느낌이 틱틱거렸다.

[둠 엔테과스토의 라이프 베슬, 그 파괴된 무기에 대하여 (탐험자 보상)

둠 엔테과스토는 알려진 것과는 달리 불멸의 존재가 아닙니다. 오래된 전쟁들을 거치며 그의 영혼을 담고 있던 그릇은 파괴 되고 말았습니다.

만일 둠 엔테과스토의 강력한 무기이도 했던 그 그

릇을 완성시킬 수 있다면, 강력한 존재들을 대적하는데 많은 도움이 될 것입니다.

　내용: 둠 엔테과스토의 라이프 베슬을 완성할 시, '둠 엔테과스토의 잃어버린 무기' 습득.]

그런데 그게 끝이 아니었다.

　[둠 엔테과스토의 라이프 베슬, 그 파괴된 살점들에 대하여 (탐험자 보상)

　둠 엔테과스토는 알려진 것과는 달리 불멸의 존재가 아닙니다. 오래된 전쟁들을 거치며 그의 영혼을 담고 있던 그릇은 파괴 되고 말았습니다. 그것이 그의 지위가 계속 도전 받고 있는 까닭입니다.

　만일 둠 엔테과스토의 라이프 베슬을 은밀히 완성시킬 수 있다면, 불가사의한 불멸의 법칙을 깨달을 수 있을지도 모릅니다.

　내용: 둠 엔테과스토의 라이프 베슬을 완성할 시, 연계 퀘스트 '둠 맨의 탄생'이 '위대한 찬탈자, 둠 맨의 탄생'으로 업그레이드 됩니다.]

브리핑 디테일이 수차례 다녀와 본 것처럼 섬세할지라
도, 실전은 다를 수밖에 없다.

계집과 계집의 무리는 그 사실을 다시 배우고 있었다. 사
망자가 속출할 듯 그러지 않을 듯 아슬아슬한 전투가 계속
됐었다.

"난 괜찮다."

공대 힐러가 나를 힐끔 바라보고는 류이치 쪽으로 자리
를 옮길 때, 계집이 다가왔다.

여기는 마루카 일족의 던전 안이다.

물, 흙, 핏물, 정체불명의 유기물 등.

늪지대의 것과 흡사하게 뭉친 진흙들이 계집의 얼굴 위
로 범벅이었다.

계집이 제 얼굴을 쓸어내리자 한 움큼의 진흙이 떨어져
나왔다.

그러고는 짠 내뿐인 그것의 냄새를 킁킁 맡더니 우엑 하
고 역한 표정을 지었다. 그 순간 피로 검게 물든 계집의 잇
몸이 적나라하게 드러났다.

"이것들 다 똥 아냐?"

부상을 달고 있는 상태에서도 표정만큼은 나쁘지 않았다.

개인 정비 시간을 틈타, 내게 말을 붙여 오는 것을 보면 나름대로 멘탈도 좋았다.

가냘픈 목덜미나 또렷한 쇄골들에서도 날카롭게 벼려진 칼날 같은 느낌을 풍겼다. 신 삼합회 체제 안에서 굴욕적인 세월을 보내서 그렇지, 이것들도 2막 2장까지 도달한 녀석들이란 거다.

"마루카 일족. 처음 아니지?"

계집은 확신에 찬 목소리로 물었다.

"운 좋은 줄 알아."

내가 대답했다.

그때 계집은 희미한 미소와 함께 뒤를 돌아보았다. 공대장 놈이 계집의 시선을 받아 고개를 끄덕이는 게 보였다.

놈의 측근들도 마찬가지로, 여차하면 실력 행사에서 나설 것 같은 움직임이 시작되고 있었다.

진흙을 닦아 내던 무기들을 다시 움켜쥐기 시작하고 두 녀석 같은 경우엔 퇴로 쪽으로 슬그머니 자리를 옮기는 것이었다.

이것들이 무슨 짓거리를 벌이려는지 너무도 뻔히 보였다.

다 잡은 물고기에 염장을 치려는 것일 테지.

"권 상을 믿고 싶은데, 믿음만 가지고 갈 수는 없는 거잖아. 흥분하지 말고 들어. 우리는 끝까지 권 상을 감춰 줄 거

야. 그러니 권 상도 우리에게 신의(信義)를 보여 주었으면
좋겠어."

던전 안은 바다 위 떠 있는 배와 같다.

그 배에서 무슨 일이 일어났는지는 오로지 선장과 선원
들만 알 뿐, 사람을 죽여 놓고도 갑판에서 미끄러져 바닷속
으로 떨어졌다고 하면 그만인 세상.

계집은 내가 그들의 충실한 새우잡이 노예가 되길 바라
고 있었다.

"닥치고. 바라는 거나 말해."

"그것만큼은 짚고 넘어가야지. 앞으로 서로 오해 없이."

"……."

"권 상은 경험치만 먹는 거야. 합의 본 거다?"

활짝 웃는 미소 속에서 눈깔 두 개가 나를 빤히 쳐다보고
있었다.

"뭐 해. 대답 기다리고 있잖아."

"그러지."

비로소 나를 향해 있던 움직임들이 가라앉았다. 모두들
아무 일도 없었다는 것처럼 정비에 주력하기 시작했다.

그럼에도 계집은 내 앞에서 싱글벙글한 미소로 계속 있
었다.

마음대로 부려 먹을 수 있는 플래티넘이, 보면 볼수록 흡

족하다는 기색이었다.

"혹시 알아? 우리 공대가 대박 쳐서 협회 눈치 안 보고 살 날이 올지도? 어느 때고 희망을 잃지 마. 우리라고 신삼합회에서 풀려날 줄 알았겠어?"

그런 자식들이 협회의 권고를 어겨? 퀘스트 아이템을 날름 잡숴?

나는 권기철이라는 캐릭터와 어울리는 한 마디만 뇌까려 주었다.

"닥쳐."

*   *   *

대전 퀘스트를 맞닥트렸던 때였다. 아메바 같은 형상에 끊임없이 거품을 뿜어내는 것이, 여기 던전의 대전 퀘스트였다.

원형질 덩어리에 기분 나쁜 눈깔들이 아무렇게나 박혀서 공대장 놈을 쳐다보고 있었다.

그러던 것도 찰나, 공대장 놈과 똑같은 형태로 빠르게 변해 나갔다.

공대장 놈이 공격을 수없이 감행한들, 놈을 똑같이 복사해 내는 과정을 중단시키지 못했다.

딱 봐도 실패였다.

그것조차 막지 못했는데, 앞으로의 분열 과정은 보나 마나였다.

다들 숨을 죽이고 공대장 놈의 분투를 지켜보고 있었다. 어느덧 공대장 놈은 자신과 꼭 닮은 것 네 개체에 둘러싸였다.

공대장 놈의 상처는 계속 늘어 갔다. 방어막이야 여기까지 오면서 진즉에 다 깎여, 기댈 구석이라곤 공대원들뿐이었다.

공대장 놈의 입에서 퀘스트 실패 선언이 떨어진 직후. 근접 공격자들이 전부 뛰어들면서 장내는 난장판이 되었다.

대전 몬스터의 분열이 더욱 급속하게 일어났기 때문이었다.

공대장 놈에게만 국한되지 않았다.

대전 몬스터의 분열체들은 뛰어든 녀석들을 금방 복사해 버렸다. 스킬과 아이템을 복사하지 못할 뿐, 분열체 자체의 힘과 빠르기는 공대 녀석들에 못지않았다.

자신을 닮은 몬스터와 싸우는 건 역겨운 일이다. 피부가 흘러내리는 혐오스러운 모습을 마주하고서는 더더욱이 말이다.

상황이 정리된 때는 그로부터 한참 후였다.

진흙에 온몸을 처박고 죽은 시신들의 등짝만 여러 개였다.

[공격대 : 퀘스트 '끊임 없는 분열'에 실패 하였습니다.]

나는 두 눈에 쌍심지를 켠 계집의 얼굴에 대고 뇌까렸다.

"내가 경험했던 마루카 던전은 다른 장소였다."

"지시는 왜 따르지 않았지?"

"원거리 진영을 보호해야 했다. 대체 무슨 생각으로 돌격 명령을 내린 거냐. 날 원하는 대로 다루고 싶다면 제대로 된 지시부터 내려."

이미 결과가 분명했기 때문에 계집의 얼굴은 딱딱하게 굳었다.

보초를 자처하며 계집에게도 제안했다. 계집과 나란히 서서 맞은편 통로를 지켜보면서였다.

"지난 달, 수도 도시에서 D급 마루카 던전을 공략했었다."

"들었어."

역시나 계집도 그 일을 알고 있는 듯했다.

"거기에 나도 있었다."

새삼스럽게 놀란 계집의 눈이 깜박여 댔다.

"구, 구라치곤 심한데. 인간…… 칼리버 님 공대에 있었다니."

"말했지. 이런 빌어먹을 신세로 처박히지 않았다면, 너 같은 건 날 쳐다보지도 못했어. 옛날 얘기는 그만두자. 생각할수록 개 같으니까."

"그래서?"

계집뿐만 아니었다.

공대장 놈도, 놈만큼이나 다친 녀석들의 시선도 내 쪽으로 쏠렸다.

"보스전에 도달했을 때쯤이면 몇이나 살아 있겠냐. 이런 식으론 절대 불가능해. 너희들은 이미 틀려먹었다는 거다."

나는 혀를 차며 마저 말했다.

"하나 의문인 건 이런 애매한 전력으로 왜 E급 던전에 도전하고 있냐는 거다. 그것도 왜 마루카 일족의 던전을."

시스템이 수정되기 전이라고 한다면 C급 각성자 셋에 D급 각성자 스물둘로 구성된 공대다.

그것만 놓고 보면 E급 던전에 도전하기에는 나쁘지 않은 구성이다.

그러나 어디까지나 구(舊) 스킬 등급 즉 스킬 숙련도가 뒷받침됐을 때나 가능한 이야기!

시스템이 수정된 후의 각성자들은 스킬 숙련도가 본연의 레벨 구간보다 훨씬 뒤떨어진다. 스킬 개수부터도 여덟 개를 꽉 채운 자들이 드물다.

쉽게 말하자면 이런 것이다.

본 시대의 D급 구간 각성자와 현시대의 골드 구간 각성자를 똑같이 놓고 비교했을 때는 차이가 매우 크다. 그래서 애매한 전력이란 거다.

사실상, 피해 없이 안전하게 던전을 돌고 싶다면 이것들은 F급 던전으로 갔어야 했다.

딱 그만한 수준.

그러나 E급 던전 중에서도 마루카 일족의 던전을 특정한 까닭이야, 물론 공대장 놈이 몰래 진행하고 있는 퀘스트 때문이다.

"하지만 여기 던전을 기필코 공략하고 싶다면. 말해 봐라. 너희 중에 나보다 마루카 일족에 대해 잘 아는 자가 있을 것 같나? 여기 정보를 얼마나 주고 샀는지는 몰라도."

나는 내 머리를 툭툭 건드려 보이며 말을 이었다.

"내가 알고 있는 것보다는 한참 미달이다. 지휘권을 넘기라고 하진 않겠다. 내 리딩에 귀를 기울이기만 해. 버스 태워 줄 때 얌전히."

계집이 공대장 놈과 시선을 주고받은 다음에서였다.

계집은 소리 없는 박수를 치며 웃었다. 그보다 만족스러운 미소가 있을 순 없었다.

"얌전히?"

계집이 히히거렸다.

"그래. 얌전히."

*　　　*　　　*

보스전을 앞둔 어느 날의 최종 정비 시간.

겨우 찾아낸 마른 땅에서의 안락감으로 모두의 등이 땅에 딱 달라붙어 있었다.

내가 누워 있던 부근으로 류이치가 천막을 치기 시작했다. 상체를 일으키자, 가만히 누워만 있으라는 제스처가 있었다.

여기까지 오는 동안 나를 바라보는 다른 녀석들의 시선이 부쩍 바뀌어 버린 것처럼 녀석도 그랬다. 그래서 더는 비아냥거리지 않고 공손하게, 고개만 살짝 숙이고 사라졌다.

그런 다음에 계집이 들어왔다.

깨끗하게 씻은 몰골이었고 나신이었다.

그 가슴과 아래를 가리고 있는 건 계집의 두 팔이었다.

순간에 짓고 있는 계집의 미소는 음란하다기보다는 장난

기가 다분했다. 오욕과 순결의 교차점 같다고 할까.

"권 상……."

계집이 내 옆을 파고들면서 몸을 기대 왔다.

계집의 머리칼 속에서는 던전의 짠 내가 채 지워지지 않은 상태였지만, 피부에서만큼은 여체 특유의 향기가 났다.

"쫄지 마. 공대장이 허가한 거야. 이런 보상이라도 있어야지."

계집의 집게손가락이 내 배꼽에서 시작해 가슴으로 미끄러지듯이 올라왔다.

"네가 우긴 게 아니고?"

계집의 속눈썹엔 아직 물기가 있었다.

계집은 몇 올씩 엉긴 젖은 속눈썹을 움찔거리며 나를 빤히 쳐다보았다.

"거봐. 눈치 하나는 기가 막힌다니까. 처음엔 당신이 돌대가리인 줄 알았어. 그렇잖아. 뭘 믿고 그렇게 다 털어놓나 했지."

"어딜 가도 똑같았다."

"아니, 당신은 어딜 가도 휘어잡을 자신이 있었던 거야. 별의별 새끼들을 다 겪어 봤지만, 당신 같은 남자는 겪지 못했어. 일성 군단장이나 되는 분의 여자가 당신에게 빠졌던 이유를, 이젠 알 것 같아."

계집의 살갗이 더 깊숙하게 무게를 실어 오기 시작했다.

또한 계집은 애교스러운 미소를 짓도록 갖은 애를 쓰고 있었다. 그렇게 하지 않아도, 외모상으로는 나쁘지 않은 계집인데.

나는 계집을 밀쳐 내며 말했다.

"내 골수까지 빨아먹겠다는 소리를 참 어렵게도 하는군."

계집은 자존심 하나 상하지 않은 얼굴로 다시 달라붙었다.

"레벨 속인 거 알고 있어. 최소 우리보다는 위겠지. 상태창 좀 봐도 될까? 당신을 속속들이 알고 싶어졌어."

"얼마든지 응해 주지. 너희 둘의 것도 똑같이 까발려 놓고 싶다면."

계집은 내 눈을 바라보며 고개를 살짝살짝 흔들었다. 그때 계집의 눈빛도 똑같이 흔들렸다.

"여기서 더 벗겨 놓고 싶은 거야? 애 그만 태우고 하고 싶은 대로 뭐든지 해 봐. 당신 말마따나 얼마든지…… 응해 줄게……."

"부끄러운 척 말고, 본론만."

그러자 계집은 못 이기겠다는 눈빛과 함께 내 목을 끌어안았다.

"……보스전에서도 최선을 다해 줄 거지?"

목소리를 확 죽인 따뜻한 숨결이 귓가를 간지럽혔다.

"고작 그것 때문이었나."

"역시, 당신에게는 고작이지? 당신 말은 하나 틀린 게 없었어. 우리가 운이 좋다는 말도."

계집의 목소리는 한층 더 줄어들었다. 내 귀에 계집의 입술이 직접적으로 닿았다.

"왜 우리였어? 어딜 가도 같은 신세라면 더 많은 경험치가 떨어지는 쪽이 낫지 않았어? 사쿠라 군단의 직할 같은."

"벽보가 눈에 띄더군."

"그래서야. 당신 운발도 우리 못지않다는 거, 아직 모르지?"

"무슨 뜻으로 한 말이냐."

"쉬잇—"

계집이 내 귓가에서 얼굴을 떼고는 입술만 천천히 움직였다.

소리가 나지 않지만, 발음 하나하나를 분명히 알아먹을 수 있는 움직임이었다.

히든 퀘스트가 있어. 보스전 다음에.

      *   *   *

히든 퀘스트?

나도 입술로만 대답해 주었다.

계집이 고개를 끄덕일 때 지었던 표정은, 과거 조나단이 원수에게 향했던 표정과 동일했다.

누구나 강해지길 원한다. 이것들이 협회의 권고를 어기고 퀘스트 시작 아이템을 삼켜 버린 까닭 또한 그래 보였다.

신 삼합회 체제는 일본인들에게 꽤 가혹했었다고 했다.

본 무대 일을 이태한에게 일임해 버린 이후 신경을 껐다고 해서, 그들이 신 삼합회에게 당했던 일들이 아니 들려오는 것도 아니었다.

이번에는 내가 계집의 목을 바짝 당겨오고서 그 귀에 대고 속삭였다

"그게 나하고 무슨 상관이지? 보상은 너희들만 누리는 것을."

내 혀가 계집의 귓바퀴에 닿았다.

"보상은 나도 없어. 중요한 건 그게 아니잖아. 당신, 협회로 복귀하고 싶지 않아?"

계집은 불에 덴 것처럼 몸을 움찔하며 대답했다.

공대장 놈이 연계 퀘스트의 끝을 본다면 협회 지도부로
진출할 만큼 강해질 거라는 확신이 서려 있었다. 그때 나를
데려가겠다는 거였다.

계집이 마저 말했다.

"믿어도 돼."

마지막 말은 또다시.

칠마제와 관련된 대박 퀘스트니까.

소리 없이 입술만 움직여서였다.

*   *   *

칠마제의 모든 군단들이 그렇듯, 마루카 일족의 진짜배
기들 또한 이족 보행의 지성체들이다.

그러니, 세로로 벌려지는 입.

독액을 뿜어내는 몇 개의 아가미와 같이 보스 몬스터가
괴기한 모습을 하고 있어도 결국에는 E 등급 던전일 뿐이
란 거다.

공대 녀석들로서는 지옥이었겠지만.

"으아아악!"

그래서 보스전을 끝낸 직후에 터져 나온 소리는 비명이
아니었다.

그렇게 들릴지라도 실상은 환희로 가득 차 있는 함성이
었다.

[공격대 : 퀘스트 '심해의 병기'를 완료 하였습니다.]

움켜쥔 주먹을 연거푸 휘두르는 녀석도, 드러누운 채로
큭큭 대고 웃는 녀석도, 금방이라도 서로의 입술까지 빨아
먹을 것처럼 굴고 있는 커플도, 멍하니 보스 몬스터의 사체
만 바라보고 있는 녀석도.

제각기 다양한 반응들이다. 그렇지만 모두의 눈동자만큼
은 뚜렷해지다 못해 이글거리기 시작한 것이 공통된 반응.

최초와 차순위 보상은 공대장 놈과 계집이 먹기로 약속
되어 있었어도, 지금까지 회수된 마석이나 보스 몬스터에
서 드랍된 아이템 등의 분배는 이제부터였다.

계집의 지시에 의해서 한쪽에 자리가 만들어졌다.

마석이 가득 차 있는 자루와 드랍 아이템들이 놓였다.

그것을 중심으로 모인 자들이 나를 힐끔힐끔 돌아보는
데, 양심의 가책을 느끼고 있는 시선들이 섞여 있었다. 내
게도 전리품을 나눠 줘야 할 필요성을 깨닫고 있는 시선도

있었다.

거기까지다.

공대장 놈과 계집에게 나도 분배받을 자격이 있다고 나서는 녀석은 나오지 않았다.

그나마 밀고자 류이치 정도만 머뭇거리며 입술을 달싹거리고 있을 뿐이었다.

그때 계집이 선언했다.

"공대장과 나는 빠질게. 너희들끼리 지지고 볶고 해 봐."

공대 녀석들은 충성심을 시험하고 있다 생각했는지, 계집을 챙기기에 바빠졌다. 그럼에도 계집의 태도에 변화가 없자 열기가 들끓어 올랐다.

보스전을 치르며 다 쏟아부었던 체력들이 일순간 회복된 듯한 반응들이었다.

"권 상! 어서!"

나를 부르는 손짓들이 늘어나고 있었다. 기특한 녀석들 같으니라고.

녀석들이 서로 시선을 주고받더니, 류이치가 대표로 달려 나왔다.

"먼저 골라."

녀석들이 터놓은 길로 보스 몬스터의 드랍 아이템이 훤히 보였다.

설령 보스 몬스터의 드랍 아이템을 선택할지라도 내게 양보하겠다는 것이었다.

하지만 흥미는 조금도 동하지 않았다. 여기 말고 바깥. 진짜 캣 푸드 웨어하우스에 널리고 널린 게 바로 그런 잡템들이기 때문이다.

"뭐든지 고르기만 해. 권 상은 자격이 충분하잖아."

뭐든지 고르기만 하라니, 자격이 충분하다니. 오히려 감상에 젖기에 충분했다.

시스템의 악의적인 부분이 지워진 결실이 비로소 나오고 있다고 믿고 싶다.

"나도 빠지지."

왜?

녀석은 그런 어처구니없는 표정 다음으로 내 손목을 잡아끌었다.

공대 녀석들 대부분이 나를 존중하고 따르긴 한다만, 이 녀석은 더 유별났다. 내 주변에서 얼쩡거리는 일이 잦았다.

플래티넘이라는 이유만으로는 납득되지 않게 과도했다.

내 리딩이 범상치 않았다 해도, 지금의 가짜 신분은 어디까지나 일성 군단장의 추격을 받는 도망자 신세였다. 언제 어떻게 될지 모르는 도망자에게?

돌이켜 봐도 녀석은 나를 꾸준히 챙겨 왔다. 녀석들에

게 존중을 받기 전부터 꾸준히 말이다. 눈치채기엔 충분했다.

이 녀석은 나를 의심하고 있다.

도망자가 아니라 협회에서 보내온 조사관 같은 것으로.

그때 계집이 눈빛을 보내왔다. 그 눈빛에는 긴장감이 그득해져 있었다.

둠 엔테과스토의 라이프 베슬. 그 연계 퀘스트를 시작하려 하는 것이다.

나는 류이치 녀석의 손을 뿌리치며 말했다.

"가 봐. 난 신경 쓰지 말고."

                    *   *   *

공대장은 검은 파편을 획득하고도 협회에 보고하지 않았다.

그 일을 두고 류이치는 개념을 상실하지 않은 이상 있을 수 없는 일이라 판단했다.

구원자 오딘 아래 유일무이해진 통합 집단이 바로 협회 아니던가. 그런 협회의 권고를 무시하다니?

1진영 프랑크, 2진영 캣 푸드 웨어하우스, 3진영 세계 각성자 협회(3), 4진영 신 삼합회, 5진영 레볼루치온(12).

그렇게 분산되어 있던 시점까지만 해도.

만 명도 채 되지 않는 레볼루치온을 제외하고, 나머지 네 개 진영이 첨예하게 대립할 줄 알았다. 그렇게 자신 또한 신 삼합회의 인간 방패로 쓰여서 전장에서 죽게 될 줄 알았다.

하지만 그런 일은 없었다.

생각지도 못했던 일.

제일 열세였던 레볼루치온(12)를 주축으로 한 세력이 일거에 전 진영을 병합해 버린 것이다.

그건 언더 독의 반란 따위가 아니었다.

협회가 공고한 진실들과 구원자 오딘에 관한 굉장한 소문들이 사실일 수밖에 없게도, 병합 과정에서 흘린 피라곤 프랑크 길드의 지도층 일부분의 것이 전부였다고 했다.

신 삼합회가 어떤 자들인데?

그들조차 한번 싸워 보지도 않고 구원자 오딘의 품으로 기어들어 갔다고 했다.

구원자는 과연 구원자였다.

그분 덕분에 노예보다 비굴했던 족쇄를 끊을 수 있었으니까.

그 이유 하나만으로도 공대장은 그래선 안 된다는 것이다.

중국인들을 향한 복수심에 가득 차 있는 걸 모르진 않는다. 신 삼합회 체제 안에 있었던 일본인 중 누군들 아니 그럴까.

그래도 말이다.

검은 파편을 발견했다면 거기에 무슨 능력이 깃들어 있든지 간에, 협회의 권고를 따라야 했다. 그렇게 보상을 받았다면 공대원과 같이 나눴어야 했다.

하지만 공대장은 혼자 독차지하고 공대 전체에 협회에 반하는 위험을 떠안겨 버렸다.

그게 자신이 밀고를 할 수밖에 없던 까닭이었다.

그런데 이상한 일은 그다음이었다. 아무 일도 일어나지 않은 게 이상하다는 것이다.

당연히 공대장과 조력자인 부공대장이 협회 본관으로 끌려가게 될 줄 알았지만, 여느 날과 다름없는 하루하루였다.

그때 권기철이라는 도망자가 공대로 합류했다.

무려 일성 군단장 김지훈의 여자를 탐해서 원한을 진 자였다.

세상에 별 미친놈이 또 있구나 싶었다.

언제나 그렇듯, 무대의 세력 구도에 큰 변화가 생기면 반드시 알고 있어야 할 이름들이 있다. 직전 장에서는 신 삼합회의 중국인들 이름이 주를 이뤘었다.

그러나 이제 그 이름들은 위대한 구원자 아래 포진된 이름들로 가려졌다.

권성일, 이태한, 김지훈, 김지애, 엔젤라, 군나르손, 이데마, 메이슨, 체니 등.

그들 협회진들이 여기 무대가 합리적으로 운용되도록 노력하는 게 눈에 보이지만, 그래서 모두가 협회의 진심과 노고에 감격하고 있지만.

그럼에도 부정할 수 없는 것이 약육강식으로 지배된 세상이란 것이다.

그래서다.

무슨 깡으로 일성 군단장 김지훈의 여자를 취했을까. 또 일성 군단장의 여자도 뭐가 부족해서 그런 위험한 짓을 저질렀나.

색안경을 끼고 볼 수밖에 없었다. 처음에는 그랬다.

하지만 범상치 않은 능력은 결국엔 드러날 수밖에 없는 법.

그가 특별한 사내라는 걸 깨닫기까지는 그리 오래 걸리지 않았다. 강하고 노련하며 머리가 비상한 한국인 각성자였다.

결코 지도자 타입이 아님에도, 모두가 그를 믿고 따르기 시작했다.

그래서 한 번씩 들었던 생각이었다.

권기철.

그가 일성 군단장이나 되는 자의 여자를 탐할 정도로 어리석은가?

밀고에도 협회선 아무런 반응이 없던 시기, 바로 그 때에 그가 합류한 것이 우연인 걸까?

권기철은 겪어 보면 겪어 볼수록 정체를 파악하기가 힘든 사내였다. 특히 노련한 전투 실력은 본연의 능력치를 제하고도 기계적인 몸놀림에 가까웠다.

정비 시간 때마다 홀로 있는 고독한 모습에서 어딘가 모르게 흐르는 위압적인 분위기도 실로 대단했었다.

공대장과 부공대장도 그 분위기에 짓눌리기 일쑤였다.

의문은 의심에서 확신으로 변해 갔다.

그는 밀고의 결과였다. 그러니까 협회에서 보내온 자가 분명했다.

협회에서 검은 파편을 오랫동안 신경 써 온 대로, 어지간한 인물을 보내올 리가 없었던 것이다. 정예 중에서도 정예를 보내왔다.

여차하면 공대장과 부공대장의 목을 날려 버리고, 모두를 제압할 수 있는 자로.

"뭐든지 고르기만 해. 권 상은 자격이 충분하잖아."

"나도 빠지지. 가 봐. 난 신경 쓰지 말고."

류이치는 협회인의 지시에 따라 자리를 옮겼다. 풍성한
전리품들이 그를 기다리고 있었다.

"권 상은?"

한 사내가 물었다.

"빠지겠대."

"왜?"

"그 속을 어떻게 알겠어. 우리 뜻은 전해졌을 테지. 그럼
된 거야."

"공대장 눈치 보는 거 아냐?"

"눈치를 볼 사람인가."

"하긴."

"자. 그럼 여섯이 죽고, 세 사람이 빠졌으니까…… 열여
섯인가."

"마석은 균등하게. 나머지는 주사위를 굴리는 게 어때?"

"시스템으로?"

류이치는 그의 배낭에서 진짜 주사위를 꺼내며 대답했다.

"손맛을 봐야지."

눈깔에 힘이 실린 미소들이 서로를 스쳐 댔다.

판이 시작됐다.

주사위 두 개가 멈출 때마다 탄식과 환호 소리로 떠들썩
해졌다.

모두의 시선이 작은 주사위 두 개에만 집중되어 있을 때, 오로지 류이치만 공대장과 부공대장 그리고 권기철이 모여 있는 곳을 신경 쓰고 있었다.

공대장과 부공대장의 표정이 눈에 밟혔다. 자그마치 E급 마루카 일족의 던전을 공략했다는 기쁨 따윈 찾을 수 없었기 때문이었다.

대신 의존이 심한 눈빛으로 협회에서 보내온 자를 응시하고 있었다.

뭐 때문인지는 모르겠지만, 어떤 비밀이 셋 사이에서 진행되고 있는 것만큼은 틀림없었다.

'수고하십시오! 권 상.'

류이치는 공대원들의 시선을 막을 수 있는 부근으로 자리를 옮겼다. 의도적으로 목소리를 키웠다. 분위기를 더 고조시켜서 저쪽에 신경 쓰지 못하도록.

"나와라! 나와라!"

허공에서 떨어진 주사위가 뱅그르르 돈다.

Chapter 2.

　공대장 놈의 입술이 시퍼레지고 있었다. 두 눈은 초점을
잃었다.

　계집이 공대장 놈의 이상 반응에 어깨를 흔들었어도 공
대장 놈의 초점은 돌아오지 않았다.

　"몸이 차가워."

　계집은 그렇게 말하며 열광의 도가니가 된 전리품 배분
의 현장을 신경 썼다.

　그때 공대장 놈의 아가리가 천천히 벌려지며 혀가 움직
여 댔다.

　픽픽.

침을 튀기기 시작했다. 마치 작정하고 내뱉은 것처럼 덩어리진 침으로 연결되었다.

계집의 면상에 부딪히려던 찰나에, 계집을 내 쪽으로 끌어당겼다.

계집은 아마 보지 못했겠지만 그래서 그렇게 피할 수도 없었겠지만, 침 덩어리 속에는 벌레라고 표현해도 틀리지 않은 작은 것이 숨어 있다.

공대장 놈의 덩어리진 침이 떨어진 바닥. 그 질퍽한 진흙 위로 벌레가 기어 나왔다.

갑각류처럼 외껍질이 두껍고 몇 쌍의 다리를 달고 있었다.

다다닥.

벌레는 빨랐다. 그래도 얼마든지 짓밟아 터트려 버리는 게 가능해 보였지만, 오랫동안 기다려 온 퀘스트의 시작을 그렇게 망쳐 버릴 순 없었다. 아직은 아니다. 진행 과정이 남아 있다.

"우엑."

이번에는 소리가 컸다. 공대장 놈이 구토를 쏟아 내며 힘들어했다.

전리품 배분이 한창인 현장에서도 소리를 좇은 시선들이 몇 있었는데, 류이치 녀석의 호들갑에 다시 묻혀 갔다.

침에서 기어 나온 벌레가 어디로 향하고 있는지는 나만 보고 있었다.

죽은 보스 몬스터 사체로였다.

벌레가 사체를 갉아먹고 들어갔을 때.

부글부글.

사체에서 기포가 일어나고 짠 바닷물이 벌어진 틈새마다 새어 나왔다. 죽은 보스 몬스터의 촉수 몇 가닥에서 움직임이 포착됐다.

이미 죽은 것에 생명이 부여되고 있는 것이다.

그때까지도 공대장 놈과 계집은 무슨 일이 벌어지고 있는지 눈치채지 못했다.

공대장 놈은 뒤틀린 속을 계집에게 호소하고 있었고, 계집도 자신이 기생충의 숙주가 될 수도 있었던 순간을 추호도 모른 채 멍청한 낯짝이었다.

나는 계집의 고개를 보스 몬스터 사체 쪽으로 돌렸다.

"살아나고 있다."

계집은 몇 박자나 느렸다. 생명 활동을 겨우 포착했는지, 성큼성큼 걸어가 보스 몬스터의 대가리 부근에 검을 박기 시작했다.

쑤신 다음에는 미친 듯이 밟아 댔다. 다른 군단의 몬스터였다면 그때 머리뼈가 튀고 골수가 다 빠져나왔을 것이다.

하지만 누런 점액질이 다였다. 역하고도 짠 내가 심한 그것을 달고 온 계집에게 공대장 놈이 소리를 죽여 말했다.

"끝났어."

계집은 이게 다야? 라는 표정이었다. 공대장 놈도 안심보다는 싱겁다는 반응이 컸다. 제 몸에 스며들고 있는 기운을 의식하지도 못한다.

웃기고들 있는 것이지.

공대장 놈의 침 덩어리 속에 섞여 나온 기생충은 여기 것이 아니었다.

A급 던전 이상에서나 볼 수 있는 괴기한 것이었다. 내가 없었다면 숙주가 된 계집은 살아도 살아 있는 게 아니었을 것이다.

*　　　*　　　*

몇 명의 전사자는 있었지만 어쨌든지 간에 E급 던전을 성공리에 완료하고.

둠 엔테과스토의 라이프 베슬. 그것을 완성시키는 첫 번째 연계 퀘스트까지도 완료했음에도 공대장 놈의 표정은 어두웠다.

계집에게조차 말하지 않고 혼자만 죽상인 것을 보면, 당장은 내게도 그 이유를 들려줄 생각이 없어 보였다.

"미치고 팔짝 뛸 노릇이군. 정말 우리가 해낸 게 맞아? E급 던전을?"

공대 녀석들만 들떴다.

각자 배분된 마석 자루를 짊어지고 이후 공략을 얘기하며 흥분에 차 있었다.

E급 던전을 완료했으니 앞으로도 E급 던전에 주력할 것이라는 이야기들 말이다.

레벨 업.

전리품.

언젠가는 협회 본부로 들어가겠다는 포부도 실려 있다.

돌아가는 길의 이정표는 진흙에 파묻힌 몬스터 사체들이었다.

계산해 보니 근 2주째였다.

그러나 돌아가는 길은 고작 몇 시간이 전부, 우리는 입구로 나왔다.

[공격대: 던전(마루카 일족, E 등급)을 파괴 하였습니다.]

[군단: 테츠야 공격대가 던전(마루카 일족, E 등급)을 파괴 하였습니다.]

[길드: 사쿠라 군단의 테츠야 공격대가 던전(마루카
일족, E 등급)을 파괴 하였습니다.]

메시지 세 개가 연달아 뜨는 것으로 마침표가 찍혔다. 사
무관의 장부에도.

그가 놀라움이 가득한 목소리로 말했다.

"설마하니 끝낼 줄은 몰랐소. 오늘 자로 전멸 처리하려
했었는데…… 대단합니다!"

꼴에 협회에서 나왔다고, 건방을 떨던 모습은 사라져 있
었다. 이에 공대 녀석들 또한 얼굴들이 의기양양해져 다른
공대들이 보내오는 선망 어린 시선을 즐기고 있었다.

던전 건물 앞에서 해산이 결정되었다. 재소집 일자는 이
틀 후.

공대 녀석들은 내가 다음 공략에도 참여한다는 확답을
기어이 듣고 나서야 흩어지기 시작했다.

부상이 덜한 자들은 도박장과 주점으로. 거기서 그들은
영웅담을 날이 새도록 떠들어 댈 것이다.

나는 계집과 공대장 놈을 따라 그들의 사무실로 향했다.

거기에 이르고 나서야 공대장 놈이 털어놓았다.

"다음 퀘스트…… D급 던전이다."

계집의 안색도 그때 어두워졌다. 저도 모르게 젓는 고갯

짓이 있었다.

그러고는 나를 쳐다보았다. 히든 퀘스트를 완수해서 나를 협회 본부로 복귀시키겠다고 호언장담했던 게 생각났기 때문일 거다.

계집의 변명이 길어졌다.

"지원자가 속출할 테고 군단의 지원도 기대해 볼 만해졌어. 그러니까 권 상."

딱 잘라 말했다.

"어느 세월에."

연계 퀘스트가 어디까지 이어지는가는 알 수 없다. 하지만 겨우 두 번째 과정에서 D급 던전으로 이어졌다.

아는가.

현재 모든 공격대를 통틀어 D급 던전을 격파한 공격대는 성일의 공격대가 유일하다는 것을?

공대장 놈이 똥을 삼킨 듯한 표정을 지어 왔던 이유는 다른 게 아니었다.

다음 퀘스트 장소가 D급 던전이란 걸 알았을 때 놈의 뇌리를 스치는 생각이라곤 '절대 불가능하다', 그 한 문장이었을 것이다.

이것들 자체로의 전력으로는 영영.

"……."

공대장 놈은 조용했다.

놈이 퀘스트를 진행할 의지가 분명하다면 선택지는 하나였다.

지금 전력으로는 절대 불가능한 일인지라, 제 공격대를 버리고 D급 던전에 도전 중인 다른 공격대에 들어가는 것뿐.

하지만 놈도 그러한 공격대가 자신을 받아 줄 리가 없다는 걸 모르지 않았다.

"가진 것이 얼마나 있지? 따로 숨겨 놓은 게 있을 거잖아."

놈이 침묵을 깨고 개소리를 뱉었다. 그러고는 아차 싶었는지 깽깽.

바로 시선을 피하며 계집에게 고개를 돌렸다.

"발이라도 담가 봐야겠다."

"미쳤네. 나만 그렇겠어? 공대원 전부가 다 손가락질하며 떠나 버리고 말지."

"난이도만 확인하고 바로 나오면 되잖아. 많이들 그러고 있다."

"꼭 먹어 봐야 똥인 줄 알지?"

공대장 놈은 내가 자신과 한 배를 탔다고 확신하고 있었다.

놈은 서슴없이 칠마제를 언급하며 시작했다.

"퀘스트가 칠마제를 가리키고 있다. 끝을 보기만 한다면…… 그 새끼들을 갈가리 찢어 죽여도 협회는 눈감아 줄지도 모른다. 아니 그렇게 되어야 해. 그때가 되면 나는 지금의 내가 아닐 테니까."

"테츠야."

"나를 영입할 수밖에 없겠지. 너도 공감했잖아. 복수도 하고, 오딘 님의 진짜 그늘 속으로 들어갈 수 있는 기회는 이뿐이란 걸."

퀘스트에 대한 언급만 있을 뿐, 그것을 가져온 '검은 파편'에 대해선 한 번도 입에 담지 않는다.

"권 상. 난 한번 한 약속은 꼭 지키는 사람이다. 퀘스트를 완료하기만 하면 당신을 협회로 복귀시켜 줄 힘이 생긴다. 이건 그 정도의 가치가 있는 퀘스트다. 거기엔 추호도 의심이 없지. 믿어야 해."

"그래서?"

"우리의 첫 시작이 그리 좋지 않았던 건 인정한다. 하지만 변했잖아. 적어도 나는, 당신을 사야카처럼 생각하고 있다. 공동의 목표가 있어서 더 확실해졌다고 생각한다."

"큭. 뚫린 입으론 뭐든 말할 수 있지. 계속 믿으라고만 하는데 누굴 병신 머저리로 아나. 난 그냥 떠나면 그만이야. 너희 같은 것들은 지천에 널렸어."

계집이 끼어들었다.

"계속 도망치기만 하려고? 언젠가는 협회에 복귀해야지."

둘의 고개가 몸을 일으킨 나를 따라 치켜들어졌다. 공대장 놈의 눈썹이 꿈틀거리고 있었다.

"가진 걸 다 털어서 전력을 충원하겠다. 위험하다 싶으면 바로 나오겠다."

"위험하다 싶은 순간에 골로 가는 거다. 나오기는 개뿔."

그때 공대장 놈이 무릎을 꿇고 나올 줄은 나도 예상치 못했다.

"가지 마…… 당신이 필요해."

"모든 정보를 공유한다면 고려해 보지."

*   *   *

놈 딴에는 만족하고 있을지도 모른다.

무릎 한 번 꿇은 것으로 '권기철'을 공짜로 부려 먹고 있으니까.

하지만 놈이 용병으로 데려온 녀석은 엉덩이가 무거운 녀석이었다.

다이아 구간 초입(初入).

공대장 놈이 속한 사쿠라 군단에서 주선해 온 녀석이었다.

본인의 공격대를 가지고 있음에도 용병으로 들어온 이유야, 물론 공대장 놈이 다 털어 넣은 재산 때문이다.

그랬어도 계약 조건은 용병 녀석에게 전부 맞춰져 있었다.

일회성인 계약이었고 탈주 상황도 녀석이 판단하기로 했다.

즉 놈이 원한다면 언제든 도망쳐도 된다는, 불합리한 계약임이 틀림없었다.

공대장 놈이 늘 끼고 있던 반지들은 이제 그 손가락에서 보이지 않았다.

준수했던 흉갑도 등급이 낮은 것으로 바뀌었다.

용병 녀석은 그런 녀석과 후드로 얼굴을 가린 나를 번갈아 쳐다보며 다리를 꼬고 앉았다. 콧구멍이 보일 정도로 우리를 내리깔아 보면서.

툭툭.

"E급 던전 한 번?"

"맞습니다."

"그런데 D급을?"

"발 한번 담가 보고 싶을 뿐입니다. 경험해 본 것과 아닌 것에는 차이가 분명할 테니까요."

"테츠야라고 했나?"

"예."

"지금은 눈에 뵈는 게 없겠지. 건방 한번 떨어 보는 것 치고……."

녀석의 시선이 내게로 향했다.

"너는 뭔데, 분위기 잡고 있지?"

"저번 공략에 참여했었던 용병입니다."

공대장 놈이 나를 대신해서 말했다.

"아아. 이자가 그?"

"예. 마루카 일족의 던전에 해박합니다."

용병 녀석의 건방질은 계속 이어졌다. D급 던전에 대한 공포를 밑밥으로 깔고, 그때마다 확연히 흔들리는 공대장 놈의 반응을 즐기는 것이었다.

그날 점심에 공대장 놈의 최고 상관인 사쿠라 군단장이 방문했다.

사쿠라 군단장과 용병 녀석은 신 삼합회 체제를 함께 견 딘 동료였다.

"앞으로 눈여겨볼 공격대란 말일세. 자네가 많이 지도해 줘야 돼."

"그러니까 버르장머리부터 고쳐 놓고."

공대장 놈과 느지막하게 들어온 계집은 사쿠라 군단의

두 간부진이 자신들을 두고 노골적인 품평회를 시작했어도 깍듯했다.

슬슬 자리가 파할 무렵이었다.

창밖이 갑자기 시끄러워졌다. 그때도 나는 공대장 놈의 부탁에 의해 자리를 지키고 있었는데, 문을 부술 듯 열고 들어온 사내가 있었다.

"권, 권, 권······."

사내는 호흡을 가다듬은 후에야 모두가 알아들을 수 있게 말했다.

"권성일 님께서 도시에 들어오셨습니다!"

사쿠라 군단장과 용병이 될 녀석은 한 치의 망설임도 없었다.

"왜 그걸 이제 말하나!"

화악—!

둘은 계단으로 내려갈 시간도 없다는 듯 창문을 열고 뛰어내렸다.

공대장 놈과 계집은 허둥거리다 동시에 나를 쳐다보았다.

그 순간 바깥에서 들려오는 함성은 대단했다.

와아아아—!

이 도시는 신 삼합회 치하에 있던 일본인들만 따로 떼어내서 구성된 곳이다. 그러니 열광의 도가니가 되고 만 것은 예견된 일이었다.

공대장 놈이 창밖으로 길게 빼고 있던 고개를 가져오며 말했다.

"쥐 죽은 듯이 있어."

흥분 반, 근심 반.

놈의 목소리가 떨려 왔다.

나도 놈의 시선을 따라 창밖 멀리를 내려다보았다.

거리는 도시 거주민들이 전부 다 나온 듯 메워져 있었다.

그들 중심으로 성일이 보였다.

누구도 말을 붙일 수가 없는 위엄이 성일의 전신에 어려 있었다.

적어도 남들이 보기엔 그렇다는 말이다.

그러나 눈썹으로 미간을 짓누른 것 하며 콧구멍에 힘이 잔뜩 들어간 모양새는, 흐뭇한 표정을 감추려고 노력할 때나 나오는 것이었다.

성일과 오랜 시간을 보내 온 사람으로서 단언할 수 있다.

성일은 일본인 군단장들의 정성 어린 안내를 받으며 시

청 건물 속으로 사라졌다.

그래도 성일이 들어왔다는 소리를 쫓은 군중들이 계속해서 쏟아져 나왔다. 몇 개 거리가 성난 파도처럼 넘실거리는 듯했고 혹은 하늘로 붕 떠오르는 것 같기도 했다.

성일을 부르짖던 이름은 어느덧, 내 이름으로 바뀌어져 있었다.

"오—딘!"

"오—딘!"

군중들을 진정시켜야 할 도시 지도부들 또한 그들 틈바구니 속에 있었다.

공대장 놈과 계집도 들끓는 열기를 참다못해 뛰쳐나갔다.

내게는 절대 밖으로 나오지 말라는 경고 같은 부탁만 남기고서.

공대장 놈은 해가 질 무렵에서나 돌아왔다. 취기가 돌 정도라면 정말 많이 마셨다는 거다.

하아아, 하고 길게 내뱉는 숨에서도 술 냄새가 물씬 풍겼다.

용병을 고용하면서 질 낮게 바뀐 흉갑은, 이제 F급 잡템으로 바뀌어 있었다. D급 던전에 도전한다는 놈이 술값으로.

"이거? 신경 쓰지 마. 이런 날 안 마시면 언제 마시겠어."

내 노골적인 시선에도 놈의 기분 좋은 미소에는 변함이 없었다. 보아하니 계집은 더 취해서 숙소로 들어간 것 같았다.

"끝내주는군."

놈이 비틀거리면서 자리에 앉았다.

"당신네들만 오딘 님께 열성을 가진다고 생각 마라. 우리들도 당신네들 못지않다. 아니, 그 이상이지. 권 상."

"……."

"노예로 살아 본 적 있나?"

"……."

"실험체로 살아 본 적은?"

"……."

"크ㅎㅎㅎ. 당신네들이야말로 운 좋은 줄 알아. 오딘 님은 왜…… 한국 사람일까. 권 상. 우리 조상들이 당신네 조상들에게 했던 짓은 미안하다……."

횡설수설하던 말꼬리가 흐릿해지며 놈의 눈이 서서히 감겼다.

그날 밤에 많은 이들이 취해서 돌아다녔다. 나를 찬양하는 소리와 중국인들을 욕하는 소리로 들끓는 밤이었다.

도시의 자치대원들로서는 잔뜩 긴장했던 밤일 수밖에 없

었다. 당장 무슨 일이 터질 것 같은 분위기였기 때문이었
다.

아침.

공대장 놈은 나보다 늦게 눈을 떴다.

"시청에 가 봐. 널 찾더군."

그 말을 듣고 떠오른 게 있었던지, 놈은 바로 뛰쳐나갔다.

그때 거무튀튀한 커다란 인영(人影)이 창을 통해 불쑥 들
어왔다.

워낙에 몸집이 큰지라, 창틀과 그것을 고정하고 있던 벽
에 금이 갔다. 성일은 집게손가락으로 금이 간 부분을 문지
르다가 민망쩍은 얼굴을 돌려 보였다.

"야그는 잘 끝났으. 조금도 눈치 못 챌 거여. 근디……."

성일의 미간이 구겨졌다.

"그 새끼한테 좋은 소리 하긴 참 힘들 것 같으. 쓰벌넘이
잖어."

*　　　*　　　*

협회에서 열세의 전력에도 E급 던전을 돌파한 공격대가
있다는 소식을 접하고, 큰 지원과 함께 무려 오딘의 최측근
되는 인사 하나가 직접 격려차 나왔다는 것까지가.

공대장 놈이 알고 있는 바였다.

성일과 만나고 돌아온 공대장 놈은 단꿈에 젖은 듯했다.

그러고는 결연한 눈빛을 띠길 계속 되풀이하는 것이었다.

"아무리 그래도 이건 미친 짓입니다."

D급 던전이 다음 목표라는 사실이 알려진 후, 공대 녀석들이 몰려왔다가 흩어졌다. 공대장 놈이 유도한 일이기도 했다.

남은 사람은 단 한 명, 류이치 녀석뿐이었다.

새로 편성된 공대원 중 본래 테츠야 공대의 사람은 공대장 놈과 계집 그리고 나와 류이치 그렇게 넷이었다.

더욱 경험 많고 레벨도 높은 자들이 공대를 채워 버리면 일어나게 될 상황이야 뻔하다.

하지만 공대장 놈과 계집의 머릿속에는 어차피 퀘스트 생각밖에 없어서, 여러 일본인 공대장들을 공대원으로 합류시켰다.

또 그래야만 D급 던전에 발이라도 담가 볼 수 있는 화력이 되는 것이었다.

공대 이름은 그대로 테츠야 공격대지만 놈은 바지 사장이나 다를 바 없었다.

"협회에서 보내오는 관심이 크다."

실세는 처음에 용병같이 가담했던 녀석, 대머리 중년 사내다.

용병 계약에서 받았던 공대장 놈의 전 재산을 다 돌려주는 등, 태세 전환이 빨랐다.

대머리가 공대장 놈의 어깨에 팔을 올렸다.

"모두 알다시피, 권성일 님께서도 친히 여기까지 내려오셔서 테츠야 공대장을 격려하고 가셨다. 어쩌면 오딘 님께서도 우리 이야기를 접하셨을지도 모른다. 그렇지 않겠느냐. 만일 우리가 모든 공격대들을 통틀어 두 번째로 D급 던전 공략에 성공한다면…… 협회의 부름이 있을지도."

일본인 각성자들 중에 이름난 것들이 몰려 있었다.

"테츠야 공대장."

"예."

"어쨌거나 우리 공대장은 자네야. 자네의 이름 아래 모였으니. 우리 모두를 잘 부탁하네."

"여부가 있겠습니까. 코스케 님."

공대원들은 일본 각성자들 사이에서만큼은 이름이 알려진 것들이었다.

그들이 한 개의 공격대를 이뤘다는 것은 곧 사쿠라 군단의 최고 정예가 탄생했음을 의미했다. 허울뿐인 공대장이라 해도 그것이 공대장 놈의 후광을 두텁게 만들었다.

D급 던전으로 향하는 길 내내.

놈을 향한 선망의 시선이 이어졌다. 성일과 악수 한번 한 것으로 하루아침에 공대장 놈의 신분이 격상한 것이다.

계집이 슬그머니 다가왔다. 다른 공대원들을 언급하면서였다.

"리딩 때는 어쩔 수 없겠지만 그 외에는 말을 섞지 마. 웬만하면."

내 위장 신분이 도망자라는 걸 다시 한번 상기시키는 말이었다.

그러나 유일한 타국 국적의 각성자. 그것도 '오딘'과 같은 무대를 치러 왔던 한국인 각성자라는 것에 이목이 쏠리는 건 당연했다.

계집이 일부러 딱 붙어 있었어도, 대머리는 기어코 계집을 눈빛으로 쫓아 버렸다. 계집의 걱정스러운 시선이 등 뒤로 달라붙었다.

사실 이쯤 되면 공대장 놈이나 계집에게는 내가 절실하지 않은 상황인데, 나를 동료라 여기고 있는 것이었다.

함께 E급 던전을 격파한.

같은 비밀을 공유한.

그 위대한 목적을 끝까지 달성하기 위한, 그 여러 가지 이유들로 말이다.

대머리가 말했다.

"한국인이 뭐 때문에 여기까지?"

대답하지 않았다.

"한국인 그룹에서 이탈한 자치고 정상적인 놈을 보지 못했다."

대머리는 나를 노려보면서 계속 말했다.

"네 역할에만 충실해. 딴마음 품었다간. 낌새 하나 들켰다간. 장담하는데 제발 죽여 달라고 애원하게 될 거다."

다른 공대원들의 시선도 대머리의 것과 크게 다르지 않았다.

류이치의 당황한 표정만 별났다. 모두의 시선이 내게서 멀어졌을 때 즈음에야 녀석이 접근했다. 던전 입구에서였다.

"참아 줘. 권 상이 어떤 사람인지 몰라서들 그래. 조만간 다들 인정⋯⋯."

[등급: D

구역: 남작 영지 (마루카 일족)]

"살아 나가고 싶다면 내게서 눈을 떼지 마라."

[공격대: 던전(마루카 일족, D등급)에 진입 하였습니다.]

이족 보행의 지성체가 보스 몬스터로 출몰하는 던전.
그런 것이다.
이들 중 태반이 살아 나가지 못하리라.

*   *   *

귀와 코는 내려앉아 있고 피부 위로는 뻘건 점액질이 번들거린다. 긴 팔은 권좌 밖으로 멀리까지 튀어나와 지시를 내리고 있었다. 움푹 꺼져 있는 눈에는 분노가 실려 있었다.

남작 오르까는 일족의 직계로 탄생한 이래, 많은 전투를 치러 왔지만 최근 같았던 적은 없었다.

인간들은 직전에 다뤘었던 뭉족들보다 나약한 종족임이 틀림없었다.

뭉족들보다 자체 전투력이 한참 뒤떨어질뿐더러, 감성과 경험을 공유하지 못할 정도로 정신적 진화가 덜 된 종족이 인간이었다.

그렇게 저열한 종족들 따위가 신성한 일대를 마음대로 오가다니!

남작이 분노로 가득 차 있는 건 바로 그 때문이었다.

그때 위대한 둠 카오스를 모시고 있는 제단과의 감응이 끊겼다. 영지의 파수꾼들도 인간들의 진입을 알려 왔다.

영토 바깥으로 연결된 통로도 차단되었다.

그것들의 주제 모를 반격이 다시 시작되고 있는 것이다.

언제가 되어야 주제를 알 것인가. 인간종 병사들을 보내 오고 있는 '그것'은 언제가 되어야 포기할 것인가. 정녕 위 대한 둠 카오스의 군대를 상대로 승산이 있다고 생각하는 것인가.

남작은 인간종의 반격이 끝나는 시기에 맞춰 점령군으로 자원할 생각이었다.

위대한 둠 카오스께서 일족의 대 의식에 응답을 하셨다 하였으니, 그날은 머지않았다.

남작은 그의 권좌에 눌러앉아 분노를 짓눌렀다. 어차피 반격은 또 없던 일이 될 것이다. '그것'의 힘은 사라지고 영지는 다시 개방될 것이다.

하지만.

이번에 진입해 온 놈들은 달랐다. 영지가 끊임없이 침탈되 고 있었다. 자신의 권좌를 향해서 점점 가까워지고 있었다.

남작은 흔들리는 평정심을 느끼며 권좌에 무게를 실었 다.

거기에 집약시켜 놓았던 힘이 남작에게 흡수되기 시작했다.

완성된 남작의 몸에선 거품이 흘러나왔다. 그의 방 전장을 둘러싸기에 충분한 양이었고, 거기에서 그의 주둥이에 달린 촉수보다 훨씬 두껍고 커다란 것들이 치렁치렁 내려왔다.

툭툭.

진흙 바닥에서 기포가 터질 때마다 남작의 사생아들이 태어났다.

남작은 지옥으로 들어오는 문을 활짝 열어 두고 인간들을 기다렸다.

그리고 드디어였다. 인간들이 나타났다. 열등한 생물체 몇.

남작은 도무지 웃음을 참을 수 없었다. 고작 저런 것들을 의식하고 있었던 자신을 향해서 말이다. 인간들은 공포에 잠식되어 소리조차 못 내고 있었다.

그때 남작의 시선에 한 남성 인간이 보였다. 그놈만이 태연했다.

순간 터무니없는 생각이 남작의 뇌리를 스치고 지나갔지만 무시할 수 없었다.

남작은 기억을 더듬어 올라갔다. 일족들이 남겨 온 기억의 파편들이 혼재되어 있는 그곳은 집단 기억의 창고였다.

루체르라라는 이름을 가진 어느 백작의 기억을 찾아냈다. 일족 전체를 충격에 빠트린 기억 중 하나였고, 오래돼서 흐릿해지고 있는 기억이었다.

남성 인간 하나와 여성 인간 하나.

한 쌍의 작은 생물체가 백작의 사생아들을 도륙하는 과정은 참혹했다.

백작의 기억은 남성 인간에게 죽임을 당하는 순간 끊겼다.

남작은 그 남성 인간의 얼굴을 뇌리에 새기며 기억 창고에서 접속을 끊었다. 놀란 남작의 주둥아리 촉수가 꿈틀거린 까닭은 그 때문이었다.

획— 획— 획—

천장의 거대 촉수들도 남작에 감응해서 사방을 휘저어댔다.

인간 하나가 죽는 걸 기점으로 모두가 도망치기 시작했는데, 루체르라 백작을 죽인 그놈만큼은 아니었다.

자신을 빤히 쳐다보고 있었다.

저열한 종에게서는 나올 수 없는 시선에 남작은 직감했다.

다른 일족들도 곧, 자신의 죽음 순간을 뒤져 볼 거란 걸.

*　　　*　　　*

본 시대 시작의 징.

그 2막 2장에서 나는 류이치와 같은 신세였다. C급 공대장이 운영하는 공대원의 일원으로서 F급 던전을 주로 돌았다.

그러니까 D급 던전을 처음 겪어 본 건 2막 2장이 아니거니와, 3막 2장까지 가서도 E급 던전을 벗어나지 못했었다.

그렇게 시작의 장이 끝난 후 군부 시절을 지나 북미의 길드원으로 활동할 때였다. 풍문으로 들어 알고 있던 D급 던전의 공포를 마주하게 되었다.

그 던전의 공략을 주도하던 공대장은 보스전, 바르바 대학장에게 심장이 꿰뚫려 죽었다.

A급 각성자였음에도 불구하고 보스 몬스터의 집요함을 떨쳐 낼 수 없었던 것이다.

그래서 성일이 D급 던전을 격파한 건 인정해 줄 일이다.

어쨌든 마루카 일족의 남작은 그때의 바르바 대학장을 연상시켰다. 또 지금껏 죽여 왔던 마루카 일족의 다른 지성체들을 연상시켰다.

어떻게든 나와 공멸하려는 속내가 적나라했다. 결과는 역경자를 터트릴 것도 없이 뻔했지만.

[공격대: 퀘스트 ‘심해의 한 주인’을 완료 하였습니다.]
[* 당신을 제외한 모든 공격대원들이 전투 불능 상
태입니다.]

[20,000 xp를 획득 하였습니다.]
[경험치 (534레벨) : 1,134,002 /4,680,836]

[최초 완료 보상으로 다이아 박스가 지급 됩니다.]
[인장 ‘육체 치료’를 획득 하였습니다.]

스물다섯 명이 들어와서 여섯만 남아 있었다. 그중 멀쩡
한 이는 나뿐이고 나머지는 팔다리가 잘려 나간 채 전 정신
을 잃은 상황.

촉수에 깔려 있는 공대장 놈에게서 연계 퀘스트가 막 시
작되고 있었다.

커다란 풍선껌을 불 듯 놈의 아가리에서 기포가 부풀어
나온다.

툭 터지며 나오는 기생충들.

이번에는 다섯 개체였다.

놈의 몸속에서 꾸준히 배양되고 있는 게 분명했다.

쏵!

나를 노리고 일제히 날아왔다. 하지만 내게 닿지 못한 채로 떨어진 직후, 그것들은 잠식할 몸을 찾아 빠르게 움직였다.

그때 다른 공대원들에게 향하는 길목을 뇌력 줄기로 막아 두었기 때문에, 기생충들은 목 잘린 남작과 남작이 만들어 낸 몬스터를 파고들었다.

[데비의 칼을 시전 하였습니다.]

사사삿—

그걸 끝으로 검은 기운들이 다시 공대장 놈에게 집약된다.

그렇지만 연계 퀘스트는 그걸로 끝이 아니었다. 더 많은 벌레들이 기어 나왔다. 더 많은 기운들이 공대장 놈에게 돌아갔다.

점점 정도가 심해지는 순환(循環) 과정이었고 공대장 놈의 연계 퀘스트는 그 자리에서만 몇 개나 진행되고 있었다.

*　　　*　　　*

공대장 놈이 제일 먼저 정신을 차렸다. 몇 개의 연계 퀘스트가 자신도 모르는 사이에 완료되어 있었으나 그걸 의식할 수 있는 상태가 아니었다.

녀석으로서는 비명을 지르지 않은 것만으로도 칭찬해 줄 일이었다.

놈이 정신을 차리자마자, 놈의 잘린 팔 단면에서 순간 촉수가 자라나더니 놈의 안면을 꿰뚫을 듯이 쭉 뻗어 왔다.

저주라고 해야 할지, 종족 특성이라고 해야 할지.

마루카 일족의 지성체들이 머무는 땅에선 흔히 있는 일이다.

놈의 얼굴이 꿰뚫리려던 찰나, 나는 그 촉수를 움켜잡아 통째로 뽑아 버렸다.

그제야 놈의 입에서 비명이 터져 나왔다. 피를 콸콸 쏟아내는 팔을 휘두르면서.

"으아아악!"

이후로 정신을 차리는 녀석들의 뒤처리도 결국엔 내 몫이었다.

둘은 다시 의식을 잃었다. 공대장 놈과 대머리 그리고 류이치 그렇게 셋만 끝까지 정신의 끈을 붙잡으려 발버둥 친다.

그들을 돌아보다가 류이치를 선택했다. 마침 획득했던 인장으로 녀석의 잘린 두 다리를 재생시켰다. 고통도 씻겨주었다.

녀석의 동공이 또렷해졌다. 비로소 주변의 광경이 다시

제대로 시야에 들어오는지 녀석의 낯빛은 금방 사색으로
변했다.

E급 던전을 끝마쳤을 때에는 온 세상을 터트릴 것처럼
환호를 질러 댔었던 녀석이었다. 하지만 지금, 그때의 희열
은 없었다.

녀석과 내 정수리로 핏방울이 뚝뚝 떨어지고 있던 때였다.
천장의 잘려 나간 촉수 단면들에서 떨어지는 것들이었다.

진흙에 파묻혀 있는 온갖 사체들에서도 핏물이 배어 나
오고 있었기 때문에 사방은 온통 핏물 천지였다. 순간 녀석
이 자신의 몸에 닿아 있던 잘린 촉수 하나에 질겁하며 뒤로
기어갔다.

공대장 놈과 계집을 양어깨에 짊어지며 말했다.

"안 나갈 거냐?"

비로소 녀석도 다른 둘을 찾아 어깨에 짊어졌다.

"혼…… 혼자서 해치우신 겁니까?"

녀석의 목소리가 등 뒤로 부딪쳤다. 다 끝난 상황에서도
여전히 공포로 떨리고 있었고 처음으로 내게 말을 높인 것
이었다.

"저…… 저…… 저…… 어떻게 말씀드려야 할지 모르겠
습니다. 협회에서 나오셨다는 거 알고 있었습니다."

녀석이 보기에도 우리 외에는 정신을 차리기에 요원했다.

"레벨 좀 올랐나?"

"예."

"플래티넘?"

"예."

"나가는 대로 이태한을 찾아가라."

순간 녀석이 걸음을 멈췄다.

너무나 어리둥절한 표정이라 절망스럽게까지 보일 정도였다.

그때 녀석이 황급히 허리를 숙이는 통에, 녀석이 짊어지고 있던 대머리와 공대원 하나는 다시 진흙 바닥 속으로 처박혔다.

"다시 돌아올 것 없다. 이태한에게 여기 일을 보고하고, 내가 보냈다고만 하면 된다."

정수리만 내비치고 있는 녀석에게서 문득 흐느끼는 소리가 나왔다.

녀석은 마루카 일족의 지성체가 만들어 둔 지옥을 목도했던 순간보다 더 떨기 시작했다.

"오딘(オーディン)이시여…… 저는…… 저는……."

녀석의 진짜 심경은 녀석만이 알겠다만, 녀석의 온몸을 떨리게 만들고 있는 것이 공포가 아닌 것만큼은 확실했다.

특성, 스킬, 아이템 등.

평등하게 성장해 온 A급 각성자가 운영하는 공격대도 D급 던전을 장담할 수 없었다.

하물며 C급 던전은? B급 던전은?

본 시대의 적지 않은 각성자들이 던전을 기피하거나 혹은 제 수준보다 훨씬 낮은 던전만 선호했던 까닭은 다른 게 아니다.

구성원 제약이 없는 게이트 전투와는 달리 한 개 공격대 규모인 25인까지로 제한되어 있고, 어둠뿐인 한정된 공간에서 수십 일 많게는 수백 일까지 헤매야 했으며.

이제는 사라진 제약이지만, 탈주의 인장이 없고서는 죽든 살든 거기서 끝내야 했다.

욕심을 조금 버리고 겁쟁이라는 지탄을 감당하기만 하면?

그렇게 게이트 전투에만 참여하면?

던전까지 공략하는 자들에게는 훨씬 뒤떨어지지만, 성장을 도모할 수도 있고 각성자로서 거짓된 부귀영화를 누릴 수도 있었다.

실제 체감하는 난이도는 게이트보다 던전이 훨씬 높다는

것이다.

게이트 전투가 실제 외계 문명과 전쟁을 치르는 기분이라면 던전은 별세계(別世界)의 지옥을 헤매는 기분.

던전이 바로 그것들의 본토, 특정 구역으로 이어지기 때문이다.

게이트 전투가 방어전이라면 던전은 기습전이기 때문이다. 불의에 적을 습격하며 소탕하는.

2막 2장이 바로 그런 역할을 띤 무대였다. 내게는 썩 좋은 상황은 아니다.

시스템으로선 제 병사들의 화력을 계산에 넣을 수밖에 없기 때문인지, 2막 2장의 최고 던전이라고 해 봐야 D급이 끝이다.

2막 1장의 나이트 습격과 빛기둥 결계들을 독점하다시피 파괴하며 얻었던 경험치에 비하면 턱없이 부족하다는 것이다.

2회차에 접어들기 전에 이미 연희와 단둘이서 B급 던전까지 격파했었다.

지금은 혼자서도 A급 던전이 가능할 거라 판단된다. 역경자와 열정자를 동반한다면.

그리고 내 수준이면 그 정도 던전은 던져 줘야 마땅한 경험치를 빨리 확보할 수 있고.

그만큼 2막 2장의 경험치 총량은 매우 적다. 시스템은 여기까지 성장시킨 제 병사들을 본격적으로 활용하고 있는 것이다.

그래서 막연히 생각해 보는 것이다.

만일 상위 무대들이 통째로 날아가지 않았다면 2막 2장의 던전 등급은 좀 더 높게 개방되었지 않았을까. 본 시대에서와는 다르게.

  [길드: 사쿠라 군단의 테츠야 공격대가 던전(마루카 일족, D등급)을 파괴하였습니다.]

류이치는 협회 본부로 떠났다.

그날 밤에 협회의 고위 힐러가 부랴부랴 도착했다.

*   *   *

공대장 놈의 치료가 끝난 날. 사쿠라 군단에서 보내온 사내가 소식을 전해 왔다.

놈의 사무실이 있는 건물 앞은 인산인해를 이루고 있었다. 놈의 유명세는 하늘을 찌를 기세였다. 맞다. 놈은 스타가 되었다.

일본인 각성자들뿐만이 아니었다. 중국인 각성자를 제외한 다양한 인종의 각성자들이 아주 진영을 차리고 있었는데, 우리나라 말도 들려왔다.

우리나라 국적의 각성자들은 대개 내 얼굴을 알고 있다.

나는 지난날 성일이 했던 방법을 택했다. 건너편 건물 옥상에서 창 안으로 몸을 던졌다.

놈과 계집은 반사적으로 상체를 일으켰다가 다시 누웠다.

"권 상. 그 괴물을……."

계집은 다시 떠올리는 것만으로도 소름 끼친다는 듯, 순간 눈깔이 퀭해졌다.

"큭. 나 혼자 마루카 일족의 귀족을? 그런 게 가능할 것 같은가. 그리고 누누이 말했을 텐데?"

"나도 모르게 그렇게 되어 버렸어. 그때는……."

모두는 공포에 잠식됐었다. 마루카 일족의 지성체와 그 방의 광경을 보자마자 도망쳤었다. 지성체의 정신계 스킬 같은 것도 아니었다.

그러면 죽는다는 것을 모르지 않으면서도 냉철하게 상황을 파악할 이성 따윈 거기에 없던 것이었다.

어차피 지어낼 이야기.

길게 끌고 싶은 생각은 없었다.

"확실히 칠마제와 연관된 퀘스트가 틀림없더군. 네놈 몸에서 나온 것들, 그것들 덕분에 우리가 살아남을 수 있었던 것이다. 원래는 그 자리서 다 죽었어야 해."

공대장 놈은 자신의 가슴을 향해 고개를 내려트렸다.

"퀘스트가 도중에 진행되어 버린 건가."

놈은 날 보기 부끄러워하는 한편 황당한 기색이었다. 그러나 퀘스트가 품고 있는 힘으로는 무슨 일이 일어나도 이상하지 않았기에 곧 수긍하는 눈치였다.

놈이 말했다.

"군단과 협회에는 뭐라고 둘러대지. 우리가 자력으로 공략한 줄 알고 있다."

"방법은 하나밖에 없다. 최대한 빨리 퀘스트를 완료해서 힘을 갖추는 것. 그때 가서는 누구도 의문을 품지 않겠지. 다음 퀘스트에 대해서 말해 봐. 더 무엇으로 이어지고 있지?"

"……틀렸어. 이 퀘스트는 애초에 내가 욕심낼 게 아니었다."

이미 계집과는 얘기가 끝나 있었던 것 같다. 계집은 나와 눈을 마주치지 못했다.

"권 상이 해 준 것들은 내 평생을 다해 갚겠다. 여기까지인 것 같다."

"잔소리 말고."

난 준비가 되어 있었다.

놈이 퀘스트를 포기하려는 낌새를 보이면 당장 모가지를 움켜쥐어 버릴 준비 말이다.

그때는 성일의 말마따나 놈의 모가지에 쇠사슬을 채워서라도 끌고 갈 일이었다.

실제로 놈의 낌새가 이상했다.

그래서 확 놈의 모가지를 터트려 버릴 듯이 움켜쥐었다.

그때 놈 목울대의 꿀렁거림이 손바닥을 사정없이 긁어대는 것이었다. 숨 막힌 소리를 내는 놈의 아가리에서 마루카 일족의 짠 내가 풍겨 왔다.

모가지에서 손을 떼자 타액으로 범벅된 공이 뱉어져서 나왔다.

주먹보다 조금 작으며 어둠의 기운으로 똘똘 뭉친 집약체였다.

스르르—

그것은 빠르게 한 형상으로 변해 갔다.

검은 열쇠 하나.

놈은 헛구역질을 몇 번이나 하면서도, 본인이 뱉어 낸 열쇠를 향해 자조적인 미소를 번갈아 지었다.

[대공 열쇠 (퀘스트 아이템)

마루카 일족의 대귀족. 대공 아몬의 침전으로 가는
열쇠입니다.

* 마루카 일족의 던전 입구에서 아이템 획득자가 사
용할 수 있습니다.

* 열쇠가 사용된 던전은 A등급 던전으로 변환 됩니
다. 만반의 준비를 갖추십시오.

획득자: 야마모토 테츠야]

진행 중인 퀘스트는 둠 엔테과스토의 라이프 베슬을 완
성시키는 게 목적이다. 그런데 계속 마루카 일족과 결부되
고 있다.

"D 등급 던전은 지옥 그 자체였다. 하물며 A 등급 던전
은……."

놈은 제 목을 쓰다듬으며 마저 말했다.

"거긴…… 무간지옥(無間地獄)의 끝자락일 거다. 거길 감
히 상상할 수 있나. 누구도 거기엔 들어갈 수 없다."

퀘스트의 포기 권한이 놈에게 달려 있었기 때문에 위장
신분으로 접근했다만, 그래서 신중을 기하고 있었다만.

결국 놈의 모가지에 쇠사슬을 채워야 할 때가 온 것 같았
다.

내 면전에서 퀘스트를 포기할 순 없겠지.

지금까지 나와 겪어 왔던 일들을 부정할 수도 없을 테고.

녀석에게 뇌까렸다.

"한 사람 있지."

"권성일 님이라도 거긴……."

"그 위."

그러자 녀석이 새하얘진 얼굴로 말을 더듬거렸다.

"미, 미, 미친 거냐."

"미친 건 네 놈이지. 무슨 생각으로 내 물건에 욕심을 낸 거냐."

Chapter 3.

권기철이라는 한국인 각성자가 그동안 보여 주었던 불가사의한 능력들은 제외하고라도.

그에겐 보는 이로 하여금 무서울 정도로 무자비하고 차가운 느낌을 일으키는 뭔가가 있었다.

그런 분위기로.

그것을 '내 물건'이라 단정 지어 말할 수 있는 사람은 단한 명밖에 없었다.

"으어."

테츠야는 재갈이라도 물린 것처럼 불분명한 신음 소리를 냈다.

가슴벽을 세차게 두드리기 시작한 심장의 움직임은 너무나 뚜렷해졌다.

넋이 나가 버린 순간이라서, 느껴지는 것이라곤 심장의 그 수축 운동밖에 없었다. 그 외에는 시간이 멈춰 버린 듯했다. 정확히는 사고(思考)가 멎어 버렸다는 게 맞았다.

그렇게 얼어 버린 정적이 테츠야에게는 영겁같이 긴 시간이었다.

테츠야의 시간이 돌아온 건 강제로 그의 손목을 잡아끄는 힘에 의해서였다.

"테, 테츠야."

그래도 테츠야의 고개는 오딘을 향해 있는 채로 눈동자만 옆으로 돌아갔다. 그의 시선 안으로 절박한 얼굴의 사야카가 보였다.

사야카는 그새를 참을 수 없어 테츠야를 침상에서 끌어내리고 있었다.

테츠야의 정신이 얼마나 나가 있던지, 침상에서 끌어내려진 그대로 바닥에 얼굴이 처박혔다. 시큰하고 묵중한 감각이 테츠야의 안면 전체로 번졌다. 그는 비로소 정신을 차렸다.

그 짧은 사이에 무슨 일이 일어났는지 퍼뜩 깨달았다.

협회의 권고를 어기고 검은 파편을 숨겼던 일을 시작으

로, 한국인 각성자의 리딩을 받아 D급 던전까지 격파했던 지난날들이 뇌리를 스쳤다.

그 어디에도 빠져나갈 구석은 없었다.

변명의 여지가 없었다.

구원자 오딘께서는 처음부터 다 알고 오셨던 것이었다.

그런 줄도 모르고 그런 사람이 자신을 돕고 있는 걸 행운이라고만 여겼다.

그래서 테츠야는 정말이지 자신에게 경의를 표하지 않을 수 없었다.

들키지 않을 줄 알았던 거냐? 정말로 그렇게 생각했던 거냐?

자신이 생각해도 자신은 엄청난 놈이었다.

어린아이라도 추정할 수 있는 일이었다. 협회에서 검은 파편을 혈안 뜨고 찾고 있는 게 누구의 지시에 의해서였을지.

던전 안에서 묻혀 나왔던 진흙 따윈 깨끗하게 씻겨진 얼굴이었기에, 테츠야의 창백한 얼굴은 한층 강조돼 보였다.

테츠야가 아무 말도 못 하고 벌벌 떨고 있을 때.

"잘…… 잘못했습니다. 잘못했습니다."

사야카는 빌고 또 빌고 있었다.

"내 그늘 아래서 이득을 누려 왔다면, 너희들도 응당 돌려줘야 하는 게 있는 것이다."

그 말은 섬뜩하고 살벌하게 들렸다. 당장 모가지를 쳐 버릴 칼날이 떨어질 것 같았다.

왜 모르겠는가.

구원자 오딘은 성경 속의 성인이 아니다. 애니메이션 속의 용자도 아니다.

오딘의 행보가 가히 구원자의 길을 밟고 있다고 해서, 또 작금에 처한 환경이 이전에는 환상 장르에서나 다뤄질 만하다고 해서.

오딘을 그렇게 재단할 사람은 아무도 없다.

여긴 현실이고 누구도 그렇게 순진하지 않다는 것이다.

실제로 일각에서는 오딘의 성품을 두고 필시 엄격할 거라는 이야기가 돌고 있었다. 이를 뒷받침할 일화들은 한국인 그룹에서 나오고 있었다.

오딘은 도전을 용납하지 않는다. 2장 초기, 무려 1진영으로 시작했던 프랑크 길드의 지도층들이 그래서 몰살되지 않았다던가.

'여기서…… 죽는다. 여기서 죽어…… 죽어?'

테츠야는 바닥에 시선을 고정시킨 채 계속해서 몸을 떨었다.

죽음의 신, 엔마다이오우(閻魔大王)와도 같은 시선이 그의 뒷덜미를 주시하고 있었다.

"하지만 기회를 주지. 네놈이 시작했으니 네놈이 끝을 내는 거다."

생각지도 못했다.

던전에 들어갈 준비를 끝마쳐 두라는 말만 남기고, 그렇게 나가 버릴 줄은 몰랐다.

탁!

문이 닫히는 소리가 났으며 시야에서도 오딘의 발은 사라져 있었지만, 테츠야와 사야카는 고개를 들지 못했다.

바닥에 이마가 찧어진 채로 전신의 무게가 쏠려 있는 것쯤은 아무래도 괜찮았다.

거기의 지끈거림 따위는 물론, 마치 온몸이 굳어 버린 듯한 마비감도.

목숨을 부지할 수만 있다면 평생을 달고 살 수 있을 것이다.

한참이 지나서였다.

툭.

사야카가 쓰러지듯 옆으로 기울며 나자빠졌다. 테츠야의 상의도 식은땀으로 젖어 등에 찰싹 달라붙어 있었고 바닥은 그것들이 흥건히 고여 있었다.

막 터져 나온 눈물보다도, 그동안 몸에서 흘려 낸 분비물이 훨씬 많았다.

테츠야가 고개를 들었을 때에도 눈물과 식은땀이 범벅된 분비물들이 턱 끝에서 뚝뚝 떨어져 내렸다.

테츠야는 다시 바닥에 이마를 박은 채로 흐느끼며 울었다.

정말로 살아났다는 안도감 때문이었다. 하지만 그건 잠깐이었다.

곧 깨달았다.

무간지옥의 끝자락, 거기 A급 던전으로 끌려가게 되었다는 것을.

그나마 하나 위안을 삼을 수 있는 일이라면 사야카에게는 오딘의 지시가 따로 없었다는 것이었다. 하기야 사야카가 거기서 무슨 도움이 되겠나, 도움은커녕 들어가자마자 죽어 버리겠지.

자신이 끌려가는 이유도 둠 엔테과스토의 히든 퀘스트를 열어 버린 당사자가 자신이기 때문이다.

건드려서는 안 될 물건이었다. 시작해서는 안 될 퀘스트였다.

그 종착역이 A급 던전인 줄 알았다면 손 하나 까닥하지 않았을 것이다. 구원자 오딘 외에는 누구도 넘볼 수 없는 영역 안에 있었다.

그래서 협회는 그렇게나 권고를 해 왔던 것이고.

돌이켜 생각해 보면, E급 던전에서 이미 자신은 죽은 목숨이었다.

'이런 멍청한 놈. 넌 죽어도 싼 놈이다.'

테츠야는 힘없이 몸을 일으켰다.

*　　　*　　　*

신 삼합회 치하에 일본인들만 있던 건 아니었다. 그런데 신 삼합회의 지도부는 반일(反日) 감정, 특히 난징 대학살이라는 역사적 사건을 빌미로 일본인들을 특정해 노예처럼 부렸었다.

그 결과 일본 각성자들의 전체적인 성장도는 상당히 뒤떨어져 있었고 협회 안에서의 발언력은 거의 전무하다시피 했다.

이런 시국에 일본, 모국의 각성자들을 이끌어 줄 새 영웅이 탄생한 것이다.

구원자 오딘 님의 측근.

권성일 님이 직접 내려와 관심을 보였을뿐더러 그 기세를 몰아 무려 D급 던전을 완료하는 등, 공대장 테츠야는 엄청난 성과를 보였다.

구원자님으로 추정되는 이름 없는 공격대를 제외하고 나면 권성일 님의 공격대 다음으로 D급 던전을 돌파한 것이었다.

협회의 주축인 미국, 덴마크의 어떤 공격대에서도 아직 성공하지 못한 일을!

일본의 영웅. 테츠야 공대장이!

"오!"

던전 사무관이 일본의 영웅을 맞이했다.

한창 접수 중이었던 일본 공격대들도 그들의 작업이 중단된 데에 항의하기는커녕, 그들의 영웅을 기꺼이 환대하기 시작했다.

"테―츠야!"

"테―츠야!"

영웅의 이름을 부르짖는 소리와 함께 박수 소리도 그치질 않았다.

테츠야는 그들이 열광하는 이유를 누구보다 잘 알고 있었다.

그래서 그의 심정은 이루 말할 수 없이 참담했다. 자기 앞가림하기만으로도 벅찬 시국이지만, 모국의 각성자에게 죄책감마저 들 정도였다. 테츠야의 표정은 한층 더 어두워졌다.

"마루카 일족의 F급 던전. 남아 있습니까?"

사무관은 장부를 뒤적였다. 남아 있기도 하고 비어 있기도 했다.

"있군요. 그런데 다른 분들이 보이지 않습니다?"

사무관이 테츠야의 뒤를 몇 번이나 확인하며 물었다. 테츠야의 동행인이라곤 후드를 눌러쓴 사내 한 명뿐이었다.

"둘뿐입니다."

사쿠라 군단에서 흘러나온 말들에 의하면, D급 던전은 더 지독할 수 없을 정도의 난이도였다고 했다. 정예들 중에서도 단 여섯만 살아 나왔다.

그것도 넷은 팔다리가 잘린 채로 간신히 목숨만 부지해서.

영웅 중 하나인 다이아 구간의 고레벨 각성자도, 당시의 공포를 아직 다 떨쳐 내지 못해 칩거 중이라 했다.

그러니 한번 쉬어 가는 의미에서 F급에 도전하는 건 현명한 선택이다.

하지만 단둘이라니?

사무관은 자신의 일처럼 걱정이 들었다.

그건 비단 사무관뿐만이 아니었다. 일본의 희망이 한 번의 잘못된 판단으로 사라져 버리는 걸, 누구도 원치 않았다.

그들은 약속한 듯 단둘이 F급 던전에 들어가는 건 자살 행위라며 테츠야를 말려 댔다.

테츠야는 곤혹스러운 표정으로 오딘을 돌아본 후, 군중들을 헤치고 건물 안으로 들어갔다.

"죄송합니다."

속삭이는 것에 가까운 작은 목소리였다. 둘은 한 계단씩 올랐다.

무간지옥과 조금씩 가까워지는 그 와중에도, 막 던전 공략에 실패하거나 완료한 공격대들과 층계에서 마주쳤다.

어김없이 보내오는 성원에 테츠야는 시선 둘 곳을 몰랐다. 또 바로 이어지는 단둘로 어딜 가냐는, 만류에는 도망치다시피 걸음을 재촉해야만 했다.

그렇게 도착한 F급 던전 앞. 테츠야는 일전에 오딘의 앞에서도 보여 줬던 그 역겨운 짓으로 다시금 열쇠를 꺼냈다.

던전 입구.

그러니까 방문 앞 복도는 진흙투성이였다.

피비린내와 짠 내가 뒤섞인 시큼한 악취가 코를 찌르고 들어왔다. 그 순간에 우엑! 구토를 해 버리고 만 것은 그 악취 때문이 아니었다.

제 손으로 무간지옥의 문을 열고 있는 게 믿기지가 않았기 때문이다.

극도의 긴장감은 열쇠를 뱉어 낸 순간 느글거려진 속을 뒤집어 까 버렸다.

"열어."

적어도 울렁거리는 속은 현실감이 있었다. 하지만 뒤에서 부딪쳐 오는 '그 목소리의 주인'이나 코앞에 둔 지옥은,

그 끝을 도무지 상상할 수 없는 초(超)현실의 세계였다.

"……열겠습니다."

테츠야는 입안으로 죽음의 맛을 느끼며 열쇠를 꽂아 넣었다.

처음으로 사람의 심장을 쑤셨던 느낌과 동일한 느낌이 들었다.

오싹했다. 하지만 그것도 잠시, 열쇠를 마저 돌렸을 때에는 신 삼합회의 생체 연구실에서 있었던 일이 떠올랐다.

벌어진 복부로 침탈자의 손아귀가 들어와 제 장기를 끄집어냈을 때,

그걸 두 눈으로 똑똑히 보며 느꼈던 기분과 하나도 다르지 않았다. 제 몸에서 뭔가가 쑥 빠져나가는 느낌이 시작됐다.

고통은 대단했다. 그때 오딘이 비명이 막 터져 나오던 테츠야의 입을 틀어막았다. 테츠야는 그대로 한참을 떨었다.

오딘이 느끼기에도 테츠야의 몸에서 흘러 나가는 기운의 양이 심상치 않았다.

철컥. 열쇠가 돌아가는 소리가 났을 때였다. 테츠야의 눈동자는 빛을 잃었다.

몸뚱이는 계속 후들후들 떨리고 있었으며, 입에서는 꺽꺽 목이 졸리는 소리가 나고 손톱은 부서진 연필 조각처럼 떨어지고 있었다.

소름 끼치는 바는 본시 손톱을 덮고 있던, 그 살점 위로 벌레들이 꾸물거리며 나오는 데 있었다.

오딘은 바닥으로 떨어진 벌레들을 발로 비비며 테츠야를 뒤로 떨어트려 놓았다.

그러고는 어느새 주저앉아 버린 테츠야 앞으로 쪼그리고 앉아, 그의 눈을 뒤집어 깠다. 동공이 불규칙적인 움직임을 보이고 있었다. 시계 방향으로 돌다가도 좌우로 빠르게 오가는 괴기스러운 움직임이다.

그때 그것이 한순간에 오딘을 향해 꽂히며, 음절이 하나씩 딱딱 끊기며 튀어나왔다.

"너. 로. 구. 나. 기. 다. 리. 고. 있. 었. 다."

오딘이 대꾸했다.

"대공이 직접 마중 나와 있을 줄은 몰랐군. 응당 그래야지."

오딘은 더 이상 놈의 목소리를 들을 가치가 없다는 듯, 테츠야의 목을 움켜쥐었다. 고정된 그의 동공을 향해 말했다.

"따지고 보면 너는 나보다 격이 낮지 않은가. 그래 봤자 대공에 불과하니."

테츠야의 입술이 떠듬떠듬 열리기 위해 안간힘을 다하고 있었으나 정작 나오는 소리는 있을 수가 없었다. 애초부터 숨통이 막혀 얼굴이 새하얗게 질려 있었다.

테츠야의 동공에서 힘이 쫙 빠졌을 때, 그의 목을 쥐고 있던 오딘의 손아귀도 풀렸다.

테츠야는 자신에게 일어난 일을 기억하지 못했다. 오딘은 두통을 호소하고 있는 그를 잡아끌고 던전 속으로 들어갔다.

그런 후였다.

테츠야가 그리도 말해 왔던 무간지옥.

그 하나의 끝자락에서 오딘의 몸 위로 무장이 하나씩 갖춰 지기 시작했다. 그중에는 단연코 오딘의 황금 갑옷도 있었다.

발키리.

오딘을 섬기는 싸움의 처녀 일곱이 소환되어 나온 것도 바로 그때였다.

*   *   *

[퀘스트 '대공의 적출자들'이 발생 하였습니다.]
[퀘스트 '심해 속 녹원'이 발생 하였습니다.]
[퀘스트…….]

한 번에 퀘스트 메시지 열 개가 시야를 파고들었다. 그럼에도 테츠야는 그 여자들에게서 눈을 떼지 못했다.

일곱.

아름다운 얼굴에 육감적인 몸을 가진 여자들이었다. 가슴은 또 풍만해서, 천으로 칭칭 동여맸어도 그 밖으로 눌린 살들이 튀어나와 있었다.

머리카락은 단발로 짧았다. 손도끼, 창, 검. 각기 다른 병기를 쥐고 있되 원형의 방패를 어김없이 소지하고 있었다.

전투에 있어 거추장스러운 부분들은 다 치워져 있었다. 머리카락도 그렇지만 폭 넓은 바지나 치마 대신, 엉덩이에 아슬아슬하게 걸치는 바지를 입고 있어 어떻게 보면 속옷처럼도 보였다.

그러나 외설적인 느낌은 조금도 들지 않았다. 그녀들의 눈 때문이었다.

그것은 필시 죽는 것을 두려워하지 않을뿐더러, 오히려 전장에서 죽지 않는 것을 불명예로 여기는 눈임이 분명했다.

2막 2장에 이른 많은 여성들이 저런 눈을 가지게 되었다지만, 난데없이 나타난 이 여자들은 강도가 더욱 높았다.

오로지 전투를 위해서만 태어난 존재들 같았다.

[발키리 (소환물)

주신인 오딘을 섬기는 싸움의 처녀입니다. 영체(靈
體)의 특성상 모든 물리 공격에 면역이 되며, 처녀의 공
격은 마법 피해를 입힙니다.

등급: A]

정보창을 보고 나서였다. 테츠야는 그녀들이 진짜 사람
이 아니라는 걸 깨달았다.

그래도 말이다.

소환물을 적지 않게 봐 왔었지만 발키리들은 특별했다.
사람과 꼭 닮은 외양의 소환물은 처음이었고, 다른 부분에
있어서도 사람과 차이점을 찾기가 힘들었다.

구태여 꼽으라고 한다면 그녀들에게선 호흡이 느껴지지
않는다는 것 정도.

그때.

오딘의 턱짓에 의해서 발키리들이 테츠야를 둘러쌌다.

착착착!

테츠야를 중심으로 한 방패 벽이 만들어졌다.

테츠야가 놀란 눈을 부릅뜨고 있을 때, 발키리의 어깨 너
머 방패와 방패 틈 사이로 오딘의 목소리가 흘러들어 왔다.

"권성일이 마스터 구간이라는 걸 알고 있겠지?"

"아…… 예."

"이것들 하나하나는 그에 비해 결코 뒤떨어지지 않는다. 그런 것들이 일곱이나 널 보호해 주는 거다. 그런데도 계속 그따위 표정만 짓고 있을 거냐? 눈깔에 힘주지 못해?"

테츠야는 혼란스러웠다.

발키리들이 나타난 것도 그렇지만, 방금 전까지만 해도 틀림없이 맨몸이었던 분이 완전 무장을 갖추고 있는 게 그랬다.

불에 타오르는 것 같은 망토. 성인 남성만 한 대검. 신기일 게 분명한 투구와 흉갑. 영롱한 빛을 머금고 있는 반지 등.

그건 신화의 한 페이지를 찢고 나온 듯한 모습이었다. 소문만 무성하던 그분의 진짜 모습인 것이다.

"아직은 모르겠지. 이것들이 널 지켜 주고 있는 시간이 얼마나 행복하고 소중한지를. 일분일초를 아껴야 할 것이다. 정신 똑바로 차리고 따라와."

＊　　　＊　　　＊

본시 마루카 일족과 그라프 일족은 태생이 같았다. 그 흔적은 대공 아몬에게도 남겨져 있었다.

주둥아리 촉수와 피부에 흐르는 붉은 분비물들은 진화를 거치며 완성된 것이지만, 가슴 양쪽에 엽편상으로 뻗쳐진 두 쌍의 날개만큼은 일족의 원종(原種)들만이 간직하고 있는 고위 귀족의 상징이었다.

숱한 하위 귀족들처럼 몇 번이고 재조합된 존재가 아니라, 고대부터 지금에 이르는 오랜 세월을 관통해 온 존재.

그 존재가 바로 대공 아몬이다.

파르르.

날개가 떨리며 나오는 파동에 그의 사생아들은 힘들어했다.

그러나 적출자들은 그런 기색 없이 느긋했는데, 그것이 적출자와 사생아들의 차이였다.

이끼가 가득 낀 구조물 안.

거기에서 나오는 소리라곤 그렇게 아몬의 날갯짓 소리밖에 없었다.

아몬과 그의 적출자들이 공통된 기억을 쫓고 있던 때였다.

기억은 꼬리에 꼬리를 물었다. 최근 기억인 오르까 남작의 죽음을 시작으로 과거의 기억, 둠 인섹툼과 최고신 둠 카오스의 제단이 파괴되는 광경들까지.

그래서 종합된 결과는 그 인간이 '일족의 방해자' 라는 것이었다.

하위 귀족들을 죽이고 제단을 파괴해 온 인간 남성.

그 인간 하나 때문에 일족의 장대한 계획에 차질이 생겼다.

"오르까."

아몬의 입에서 남작 오르까의 이름이 불리자 적출자들이 모여 있는 자리에서 하나가 몸을 일으켰다. 오르까 본인이었다.

다시 태어난 게 최근인 만큼, 기억들도 흐릿해질 게 없었다.

그래서 오르까의 얼굴은 여전한 분노로 떨리고 있었다.

놈에게 죽임을 당하던 찰나, 뇌리에 박힌 장면은 목이 잘려나간 제 몸을 짓밟고 자신을 내려다보는 놈의 얼굴이었다.

"서재에서 놈을 맞이해라."

오르까는 다짐했다.

결과는 틀리지 않겠지만 과정은 반드시 달라지게 만들 것이라고.

떠나는 오르까 뒤로 적출자들이 지켜야 할 구역들이 배정되기 시작했다. 홀, 제단, 병기고, 둔영 등. 반격이 들어온 이상 아몬으로선 지켜야 할 게 많았다.

특히나 둠 엔테과스토의 파괴된 라이프 베슬을 숨겨 둔 방만큼은.

* * *

발키리들이 사라진 이후부터는 매 순간이 악몽 위를 걷

는 기분이었다.

나이트 습격을 방불케 할 만큼 수많은 몬스터들이 한 번에 쏟아지는 광경이나, 오딘께서 그걸 무참하게 도륙하는 광경까지도 하나같이 공포스러웠다.

2막 2장까지 오면서 겪었던 어떤 상황도 여기에 놓고 보면 열등했다.

세로로 쭉 찢어진 거대 아가리가 진흙을 뚫고 갑자기 튀어나오질 않나, 뇌를 후려 파는 고주파가 며칠간 이어지질 않나, 무엇이든 녹여 버릴 게 분명한 진액이 폭포수처럼 쏟아지질 않나.

자신도 잊고 있던 어린 시절의 트라우마를 건드리는 정신 공격도 끊임이 없었다.

그게 뭔지 도통 파악할 수도 없었던 함정들, 보스 몬스터도 아니면서 그렇게나 경악스러웠던 일반 잔몹들은 또 어떻고?

오딘의 가호가 없었다면 천 번을 죽어도 이상할 게 없었다.

식욕은 당연히 없었다. 잠을 잘 수 있는 시간에도 눈이 감기지 않았다.

테츠야는 피골이 상접해져 온몸은 좀 파먹힌 구멍들로 가득했다. 거기에선 언제고 위협으로 돌변할 수 있는 작은 촉수들이 꿈틀거렸다.

그는 이 공포와 고통에서 벗어날 수만 있다면 영혼이라도 바칠 심정이었다.

추정이 맞았다. 여긴 정말로 무간지옥의 끝자락이다. 무엇을 상상하든 그 이상을 보게 되는 곳이었다.

'으아아아아아악! 아아아악!'

빠지직—!

날카롭게 튀어온 벼락 줄기가 테츠야의 몸을 살짝 건드렸다.

테츠야는 진흙 위를 뒹굴었다.

"2막 2장까지 온 녀석이 고작 이 정도냐. 이따위 정신으로 내 물건을 탐했다니, 한심하기 짝이 없군."

과거로 돌아갈 수 있다면, 당장 그 멍청한 놈의 대가리를 날려 버리고 말 것이다.

"전에도 말했지만 여기서 나가는 방법은 하나밖에 없다. 네놈의 퀘스트를 끝장 보는 것뿐. 뭉그적거릴수록 그 시간이 늘어난다는 것을 명심해."

'차라리 죽여 주십시오.'

테츠야는 그 말이 목구멍 끝까지 차올랐다. 하지만 그럴 순 없었다.

그랬다간 정말로 목을 쳐 버릴 것 같은 분위기였으니까.

그때 오딘의 갑옷이 번뜩이며 발키리들이 나타났다.

던전에 들어온 지 육십 일. 아니 육십 년 같았던 육 일이 지나는 날에서였다.

'오! 나의 천사님들.'

테츠야는 감정이 격해진 나머지 눈물이 핑 돌았다.

조밀한 등 위로 날개만 없을 뿐이지, 그녀들은 천사임에 틀림없었다.

그녀들과 함께했던 두 시간이 끝난 후에야 깨달았다.

테츠야는 빠르게 일어났다.

시간을 낭비할 수 없었다.

한편 오딘의 얼굴이 짜증스럽게 구겨져 있는 까닭은 테츠야 때문이 아니었다.

복잡하게 엉기고 때때로 변화하는 던전의 구조 때문이다.

마루카 일족의 특성답게 무지막지한 번식력이 많은 경험치를 누적시키지만.

[레벨 업 하였습니다.]

같은 자리를 맴돌고 있는 건 실로 짜증스러운 일이었다.

초월 감각을 누르는 힘이 저변에 깔려 있지만 않았어도 진작 돌파했을 던전이다.

A급 던전이라는 걸 감안해도 그랬다. 확실히 그가 겪어 본 본 시대의 A급 던전과는 달랐다. 불가사의한 힘이 도사리고 있었다.

테츠야와 오딘은 발키리가 뜬 두 시간 동안 총력을 다했다.

발키리가 사라지기 얼마 남지 않은 무렵. 드디어 중간 보스 중 하나와 마주쳤다.

얼핏 봐도 룬과 스킬 북을 찾을 수 있는 장소. 오래된 석판들이 벽에 박혀 있고, 거기에선 일족의 글자가 살아 있는 것처럼 꿈틀거렸다.

그때 테츠야는 처음으로 풀어진 오딘의 표정을 발견했다.

발키리들의 방패 벽 때문에 시야가 좁았다. 그래서 그가 실내의 광경을 제대로 본 것은 그다음이었다.

'여긴?'

영락없이 D급 던전의 보스 방과 같았다. 토대는 그렇지만 천장에서 늘어트려진 촉수의 숫자나 몬스터들의 급에는 차이가 컸다.

방 중앙에는 정예 몬스터 중 하나가 우두커니 서 있었는데, 그것도 같았다.

D급 던전의 보스 몬스터가 A급 던전에선 많은 정예 몬스터 중 하나라니? 고작?

테츠야가 그것에 경악했다.

그때 발키리의 방패 벽이 움직이며 테츠야도 방 바깥으로 밀려났다. 그래도 방 안의 광경은 어떻게든 보이는 거리였다.

그런데 D급 던전의 보스 몬스터와 꼭 닮아 있는 정예 몬스터가 오딘을 노려보는 시선이 기이했다. 수적을 코앞에 둔 듯 원한이 가득하다.

실제로 턱주가리의 촉수들을 꿈틀거리며 뭔가를 말하고 있었다.

틀림없이 이 몬스터들의 언어였는데, 그제야 테츠야는 잠깐 스쳐보고 깊게 생각지 못했던 저 방 안의 풍경이 떠올랐다.

석판에서 움직이던 정체불명의 문자들 말이다.

어떻게 이런 일이.

몬스터도 문명을 갖추었단 말인가. 하나의 이성체들로?

칠마제. 그 악신들이 부리는 짐승들인 줄로만 알았더니…….

그 순간 오딘이 정예 몬스터에게 뇌까린 말은 한국어였다. 한국어나 마루카 일족의 언어나, 테츠야에게는 다 똑같은 외계어였다.

그렇게 몇 마디를 주고받는가 싶더니 갑자기 일이 일어났다.

비로소 테츠야는 지옥에서나 똬리를 틀고 있을 몬스터라
도, 비명이란 걸 지를 줄 안다는 걸 깨달았다. 그분의 앞에
선 흔한 생명체가 되는 거였다.

*   *   *

"또 너냐."

"Um. Bakudarrr— orcca."

"오르까? 네놈이 맞군."

엄밀히 말하자면 직전에 죽이고 온 놈이 아니다. 새로운
놈으로 죽은 오르까 남작의 기억과 감정들로 조립된 놈인
것이다.

마루카 일족은 그런 게 가능했다. 그래서 죽여도 죽여도
끝이 없었던 것이고.

그래서 이것들의 영혼은 항상 메말라 있던 것이다.

"Skrrr— Chida!"

놈은 살의로 똘똘 뭉친 목소리를 뱉었다.

"네 아비를 원망해라. 구태여 되살려 놔서는 네놈만 고
생이지."

"Chida! Chida! Chidarrr—"

"그래그래. 네 아비도 뒤따라 보내 줄 테니까 억울해할

것 없다."

서로 하고 싶은 말만 내뱉던 것도 거기서 끝이었다. 역경자는 필요 없다.

열정자 7단계가 유지되고 있는 지금.

나는 놈에게 몸을 던지며 똑같이 외쳐 주었다.

"Chida!"

죽인다, 뭐 그런 뜻이 아니겠는가. 한 번에 몰아쳐 버린 삼중(三重)의 화염 폭풍, 그것과 함께 일직선으로 뻗쳐 나간 인드라의 칼날이 놈의 몸을 꿰뚫었다. 놈은 한참이나 비명을 질렀다.

D급 던전의 보스 몹답지 않게. A급 던전의 정예 몹답지 않게.

살점들은 갈가리 찢겨져 나온 채로 잔몹들과 함께 불탔다.

와직!

대검으로 녀석의 사지를 자르는 게 아니라 부숴 버리듯다 짓이겨 놓았다.

최후의 순간.

아직도 사지 갈린 녀석의 몸에는 인드라의 칼날이 꽂혀 있어 녀석을 맥반석 돌판 위의 오징어처럼 만들고 있었다.

나는 저절로 잘려 나온 녀석의 대가리를 집어 들었다. 녀석의 턱주가리 촉수를 움켜쥐었기에 역방향이었다.

"다음엔 예를 갖춰라. 그럼 혹 아나. 고통 없이 보내 줄지."

그러고 며칠이 지난 후였다.

대공성 홀 한구석에서 의기소침해 있는 녀석을 발견했다.

"chida……."

놈의 목소리가 들릴락 말락 했다. 죽음에 치달았던 과정을 육체마저도 기억하고 있는지, 몸을 움찔거리면서였다.

＊　　＊　　＊

애애앵. 애애애앵.

날갯소리로 요란한 까닭은 심해의 녹원을 다스리는 원종(原種)들이 한자리에 모여 있기 때문이었다.

그들은 남작 오르까의 수차례 죽는 기억들을 되짚어 봤다.

남작 오르까가 놈에게 느꼈던 공포는 대단했고 그 감정은 그들에게도 스며들었다. 그래서 그들의 날개가 평소 이상으로 빠르게 파닥거리고 있던 것이었다.

아몬 대공은 거기에 없었다.

그는 봉쇄된 영토와 함께 갇혀 반격에 대항하고 있었다.

다른 신들의 탐욕스러운 군대들.

예컨대 데클란, 바클란 같은 이 종족들과 연합하여 타 차원과 전쟁을 치를 때면 어김없이 공격받은 차원의 올드 원들이 개입되곤 하는데 아몬의 영토를 봉쇄시킨 힘도 거기서 나온 것이었다.

다만 전쟁에는 희생이 따르는 법이라, 그 일은 문제 될 게 없었다.

하지만 그 희생이 아무런 득 없이 부질없게 될 경우 문제가 되는 것이었고, 또 지금처럼 반드시 지켜야 할 보물이 있는 곳이라면 더 큰 문제가 되는 것이었다. 둠 엔테과스토와 바르바 군단에게 들키지 말아야 할 일이라면 더더욱이.

원종들이 판단하기에도 아몬 대공은 그 인간 놈을 막지 못할 것 같았다.

비단 아몬 대공뿐이겠는가.

자리한 누구도 아몬과 같은 처지에 놓이면 별수 없어 보였다.

놈은 전보다 더 강해졌다.

원종들에게만 허락된 금지된 기억 창고에는 그런 기억들로 빼곡했다.

최고신 둠 카오스의 가호가 함께하지 않는 이상, 숭배신 둠 인섹툼의 화신이 강림하지 않는 이상.

일족 전체가 인간 놈의 공격에 고스란히 노출된 상황이었다.

원종들의 회의는 길어졌고 그들은 결국 인정할 수밖에 없었다.

원종들은 아몬 대공의 죽음과 둠 엔테과스토의 라이프 베슬이 놈의 손아귀에게 넘어간다는 것을 기정사실로 받아들였다.

사실 이 지경까지 이를 것이라곤 생각해 본 적이 없었다.

침략은 당연했다. 그 차원이 품고 있는 생명력과 온갖 영혼들 그리고 죽은 땅들은 여러 신들에게 바쳐질 일이었다.

그리고 다음 전쟁에 도달하면, 일족의 숭배신 둠 인섹툼께서 둠 엔테과스토를 딛고 올라설 수 있는 길이 열려 있었다.

하지만 어긋나기 시작했다.

중심에는 그 차원의 올드 원이 만들어 낸 인간 놈, 그 괴물이 있었다. 바로 그놈 때문에.

그 괴물이 올드 원의 군대를 나름대로 성장시켜 빛기둥이 머문 차원들까지 진격해 왔던 일도, 성스러운 땅들을 마음대로 오갔던 일들도 다 문제지만 가장 큰 문제는 그가 일족의 유일한 방해자라는 것이었다.

그런 괴물이 곧, 둠 엔테과스토의 라이프 베슬까지 수중에 넣는다.

그걸 막을 수 없다.

라이프 베슬을 얻은 놈은 더욱 강력해질 것이다.

그러니.

"봉인…… 뿐이다. 처치할 수 없다면 영원히. 무엇의 손에도 닿지 않는 심해의 끝으로. 그 정도는 위대한 둠 카오스께서도 허락해 주실 것이다."

누구도 거기에 토를 달 수 없었다.

이번에는 과거의 의식들과 달랐다.

위대한 둠 카오스의 깊은 관심을 받고 있는 놈인지라, 놈에게 필적하는 제물이 요구될 터였다.

최초의 원종을 포함한 모든 원종들은 고대로부터 간직해 온 육체를 기꺼이 포기하기로 했다. 일족의 귀중한 보물들을 바치기로 했다. 요구하는 만큼의 영혼을 바치기로 했다.

놈을 봉인시킬 수만 있다면 일족의 퇴행(退行)을 기꺼이 감수하겠다는…….

숭고하고도 고통스러운 합의였다.

비로소 원종들 스스로 제 몸을 찢어 대는 의식이 거행됐다.

그러고 나서야, 아득히 먼 곳에서 둠 카오스의 응답이 시작되었다.

＊　　　＊　　　＊

이윽고.

대공 아몬의 침전과 이어진 비밀스러운 구조물에서 획득한 물건은 테츠야가 감당할 수 있는 게 아니었다.

발키리들의 방패 벽 안에서 테츠야의 팔이 미동도 하지 않고 늘어져 있었다.

거기에서 검은 구슬이 굴러 나왔다.

그것을 집어 들었을 때 직접적으로 닿고 있는 면적을 시작으로, 뇌리까지 쭉 뻗쳐오르는 통증이 있었다.

음?

나조차도 순간적으로 다리에 힘이 풀릴 정도였다. 테츠야가 혼절해 버리고 말았던 건 이미 예견된 일이었던 것 같다.

[정체불명의 구 (아이템)

완성되기 직전입니다.

아이템 레벨: ?

아이템 등급: ?]

[완성까지: 0.01%]

[완성까지: 0.02%]

쥐고 있을 때만 완성도가 올라간다. 놓아 버리면 다시 처음부터 시작하는.

그러며 점점 강도가 세지는 통증으로 보건대 빛기둥 특전을 진행했던 때와 크게 다르지 않았다.

퀘스트로 명시되지 않았을 뿐, 둠 엔테과스토의 라이프 베슬을 완성시키는 최종 퀘스트가 남아 있는 셈이란 거다.

여기까지 도달한 사람은 없다. 있었어도 이걸 견딜 수나 있었을까.

발키리에게 그녀들의 안쪽을 턱짓해 보이자 그중 하나가 테츠야를 어깨에 둘러멨다.

비밀 구조물에서 나왔을 때 제일 먼저 시야에 들어온 건 죽은 아몬의 사체였다. 기죽은 오르까도 최종전에서 모습을 드러냈었지만, 온갖 사체들 속에 파묻혀 보이지도 않았다.

어쨌든 아몬의 대가리가 반쯤 남아 있는 걸 보고도 그대로 지나칠 순 없었다.

던전을 헤매고 다닌 시간이 길어진 건 놈이 나와의 전면전을 피해 왔기 때문이었다.

원래도 복잡한 던전 구조를 계속 바꾸고, 죽여도 죽여도 오르까 같은 녀석들을 다시 탄생시켜 우리가 여기에서 피말라 죽기를 원했다.

와직!

곤두선 신경을 그대로 담았던 까닭에 밟히자마자 짓뭉개졌다.

아몬의 남은 대가리를 담뱃불 끄듯 짓이겨 놓은 후 걸음을 옮겼다.

테츠야가 정신을 차렸다. 사라진 발키리들 대신, 내 어깨에 걸쳐 있던 때였다.

오랜 악몽을 깨고 나온 듯한 비명과 함께.

"악!"

거기에 대고 이를 악물고 말했다.

"큭. 다 끝났다."

[완성까지: 27.29%]

검은 구슬이 자아내고 있는 고통은 이제 그만 놓지 않겠냐는 듯 지금까지도 나를 시험하고 있었다. 웃기는 소리.

내가 인정할 수 없는 말 중에 하나는 고통과 쾌락이 동일 선상에 있다는 말인데, 지금은 어쩐지 달랐다.

이건 불멸의 비밀을 품고 있는 둠 엔테과스토의 라이프 베슬이다.

시작의 장에서 획득할 수 있는 모든 히든 보상들뿐만 아니라 그 어떤 것을 가져다 놓는다 해도 이것에 견줄 수는 없을 것 같았다.

그래서 고통이 거세질수록 찌릿한 웃음이 새 나오는 것

이다.

큭큭.

"걸을 수 있습니다."

녀석이 달고 다녔던 촉수들은 아몬의 죽음과 함께 떨어져 나왔다.

녀석은 당장 그것이 기쁜 모양인지, 제 몸을 내려다보며 감격스러운 표정을 지었다. 녀석의 나신은 혐오스러운 촉수 하나 꿈틀거리는 것 없이 미끈하다. 딱 거기까지였다.

마루카 일족의 사체를 이정표 삼아 출구를 찾아 나가던 중.

녀석의 표정이 빠르게 어두워졌다.

녀석에게선 죽음을 계산하고 있는 냄새가 물씬 풍겼다.

목적을 달성했으니 이제 자신이 소용없어진 걸 깨달았기 때문일 거다.

아나나 다를까, 나와 눈이 마주치기 무섭게 동공이 흔들렸다.

"나가는 대로 이태한을 찾아가라."

협회의 권고를 어긴 건 꽤씸한 일이다. 그러나 그것만 보고 이미 충분한 벌을 받은 녀석의 대가리를 끊어 놓을 필요가 있을까?

구차한 레벨로 마루카 일족의 A급 던전 안에서 녀석이

겪어 왔던 일들은 이루 말할 수 없다.

해서 일본인 그룹의 구심점으로 남겨 두는 것이 옳다 판단됐다.

내 스킬에 휩쓸리지 않아야 하는 상황, 그러니까 어쩔 수 없이 파티를 맺어야만 했던 때에 놈에게 배분된 경험치는 결코 적지 않다.

놈은 현재 다이아 구간에 갓 진입한 레벨이었다. 321 레벨.

그렇지 않아도 열세인 일본인 그룹에는 녀석 같은 것이 한 명이라도 더 절실했다.

녀석은 내 말의 진의를 바로 깨닫지 못했다.

살려 주겠다는 건지, 협회에서 공식적으로 죄를 묻겠다는 것인지.

"권성일은 항시 피해라. 널 보자마자 죽이려 들 테니. 크큭."

이번에도 고통과 쾌락이 얽혀 버린 웃음소리와 함께였다.

그제야 녀석의 눈에 눈물이 핑 돌았다. 바깥의 예식 따윈 다 잊어버릴 법한 시기인데, 녀석은 도게자를 하며 뒤통수를 떨어 댔다.

녀석이 일어나며 외친 목소리에는 죽음의 냄새가 싹 지워져 있었다.

"앞, 앞장서겠습니다!"

[완성까지: 91.32%]

열정자는 진즉 꺼졌다.

보스전에서도 역경자는 아슬아슬하게 터지지 않았었다.

고통을 억누를 건 내 정신뿐으로, 그런 내 모습이 녀석에게는 위험하게 보였던 모양이다. 녀석이 긴장된 표정으로 나를 돌아보는 횟수가 늘어났다.

"으아아악!"

참다못해 터져 버리고 만 비명은 내 고막까지 꿰뚫어 버렸다.

눈을 깜박이고 났을 때에는 시야가 기울어져 있었다.

"바로 사람들을 데려오겠습니다! 조금만 기다려 주십시오!"

녀석의 목소리가 위에서 떨어진 직후. 멀지 않은 출구를 향해 뛰어나가는 발걸음 소리도 그렇게 희미하게 사라졌다.

[완성까지: 99.98%]

최고조에 이른 고통.

보이는 건 아무것도 없었다.

뻘겋고 거무튀튀한 물결들이 검은 배경 위에서 번뜩여 대는 것밖에 없었다.

그래도 천만에.

어머니와 함께 공유했던 고통에 비하면 어림없다.

둠 엔테과스토의 라이프 베슬을 놓을 수는 없다. 놓는다고 끝나는 것도 아니고, 어차피 처음부터 다시 시작해야 하잖아!

[완성까지: 99.99%]

"으아압······."

입속으로 들어오는 건 진흙인 것 같았다. 그러고 갑자기였다.

[역경자가 발동 하였습니다.]

발동 직후 상승된 능력치에 관한 메시지들이 밀려 올라갔다.

역경자가 발동했을 때는 모든 고통을 잊고 세상 맑아진 기분이 들기 마련이다.

그러나 머리끝부터 발끝까지 전신을 힘 있게 눌러 오는

압력이 존재했다. 그것에 눌려 있기에 역경자는 체내의 장기들만 진동시키며, 심장 박동 수를 미친 듯이 올리고 있었다.

　두두두.

　　[정체불명의 구가 완성 되었습니다. (둠 엔테과스토의 잃어버린 무기)]

　　[선택하여 주십시오.]
　　[1. 연계 퀘스트 '둠 맨의 탄생'을 '위대한 찬탈자, 둠 맨의 탄생'으로 업그레이드.]
　　[2. '둠 엔테과스토의 잃어버린 무기'를 '라이프 베슬'로 업그레이드]

예전에 봤던 탐험자 보상이 떠올랐다.

　　[만일 둠 엔테과스토의 강력한 무기이기도 했던 그 그릇을 완성시킬 수 있다면, 강력한 존재들을 대적하는데 많은 도움이 될 것입니다.]

　둠 엔테과스토의 무기란 것이 처음부터 라이프 베슬을 칭했던 것인가.

선택지는 양 갈래로 나누어져 있지만, 그러나 마나 아닌
가.

선택은 보는 순간 결정 나 있었다.

['둠 엔테과스토의 '잃어버린 무기' 가 '라이프 베슬'
로 업그레이드 되었습니다.]

온몸을 짓누르는 압력은 그 순간에도 여전했다. 아직 끝
나지 않은 것이다.

[굉장합니다! 특전, 불멸(不滅)이 진행 됩니다.]

[라이프 베슬로 삼을 대상을 선택 해 주십시오.
  * 사물, 동물, 소환물 등 종류에 구애받지 않습니다.
  * 선택을 되돌릴 수 없습니다.]

이건 내 힘으로 직접 쟁취해 낸 것이다. 상자를 까서 나
온 것이 아니라!

칠마제, 그중에서도 격이 다른 둠 엔테과스토가 직접 다
뤘던 물건은 시스템이 뱉어 냈던 아이템들과는 차원이 다
른 것이다.

전신을 옥죄고 있는 정체불명의 압력을 뚫고 나올 정도
로, 가슴 깊숙한 곳에서 폭발해 버린 희열은 굉장했다.

불멸의 존재라니. 내가 말이냐!

"……큭."

참을 이유가 없었다.

"크하하하핫―!"

그러던 그때였다.

느껴졌다.

갑자기 등골을 오싹하게 만드는 뭔가가 엄습해 왔다.

[* 경고: 권능 저항력이 현저하게 낮습니다.]

[탐험자가 발동 하였습니다.]

[마루카 일족의 봉인 의식에 대하……]

중도에 끊겨 버린 메시지.

뒤를 돌아본 순간 시선을 가득 채운 거대한 눈깔 하나.

그것이 마지막 기억이었다.

Chapter 4.

눈이 감긴 어둠뿐인 시야 속에서는 그 메시지가 유일했다.

[봉인이 해제 되었습니다.

 * '격리된 심해 끝자락'에 진입되어 있습니다.]

귓속이 먹먹했다. 그다음에야 숨을 쉴 수 없다는 걸 깨달았다.

딱딱하게 굳어 버린 어떤 물질이 내 전신을 뒤덮어 나를 가두고 있었다. 근력을 최고조로 끌어올리는 것만으로는 부족했다.

가능한 스킬들을 연쇄적으로 터트렸을 때부터 균열이 생겼다.

한쪽 눈이나마 게슴츠레 뜰 수 있었고 그사이의 조그마한 틈을 비집고 공기가 들어왔다.

비로소 몸을 움직이는 게 가능해졌다.

투두둑.

내 몸에서 부서져 나온 것들은 석회질과 유사해 보이지만 그에는 비교할 수 없는 강도를 품고 있었으며, 외부에 노출되어 있던 부분마다 이끼들로 그득했다. 마루카 일족의 짠 내가 났다.

[라이프 베슬로 삼을 대상이 선택 되지 않았습니다.

선택하여 주십시오.]

중요한 건 이게 아니다.

나는 정체불명의 물질에 굳어져 오랫동안 세워져 있었던 것 같다.

돔 형식의 구조물 안이었다. 마루카 일족의 짠 내 외에도 오래된 퀴퀴한 공기로 채워져 있었다. 내게서 떨어져 나온 덩어리들을 제외하고 나면 석판 하나밖에 없는 텅 빈 공간이었다.

석판은 마루카 일족의 문자가 **빼곡**했는데, 직접적인 해독은 불가능하고 시스템이 보내오는 정보 창으로만 대략적인 의미를 알 수 있었다.

[쓸모를 다한 봉인 석판 (장치)

극도로 위험한 '마루카 일족의 방해자'에 대한 내용으로 가득합니다.

내용: ……이 괴물의 영면을 훼방 놓지 마라. 절대로.]

석판에도 달라붙어 있는 이끼가 그간의 세월을 증명하고 있다.

불길함이 엄습했다.

대체 얼마나 많은 시간이 흐른 것일까?

당장 귀환석을 꺼내 봤지만 본래 설정되어 있던 지역, 내도시 '무단점거 시 사망'은 이동할 수 없는 지역이라는 메시지만 떴다.

아무리 적게 잡아도 최소한 2막이 끝나 버린 세월이란 거였다.

그때 심장이 철렁 내려앉고 만 까닭은 설마 시작의 장 전체가 끝나 버린 게 아닐까 하는 두려움 때문이었다.

외부로 통하는 통로들 쪽에서였다. 몬스터들이 무리를 지어서 난입해 왔다.

빌어먹을 얍삽한 새끼들. 날 이런 구석에 처박아 놔?

[열정자가 발동 했습니다. (1단계)]

분노가 실렸다.

갈고리로 조갯살을 끄집어내듯 주먹을 쑤셔 넣어 척추가 있는 것이라면 그대로 뽑아내 던져 버렸다.

척추가 없는 원형질의 경우에는 1차 분열조차 일어날 수 없을 만큼 조각조각 찢어 버렸다. 오래된 공기는 비릿한 피 냄새와 악취의 진액 냄새로 변질되기 시작했다.

끊임없이 들어오는 것들을 상대로 계속 그러고 있었는데, 문득 녀석이 보였다.

녀석이었다.

남작 오르까.

하지만 정보 창에서 녀석의 직위는 전과 달랐다.

[파수꾼 오르까 (종족)
마루카 일족의 비밀을 지키고 있습니다.]

녀석은 볼 때부터 이미 경악스러운 표정이 짙었다.

히엑!

나와 눈이 마주친 다음부터는 그런 희한한 소리와 함께 뒷걸음질을 치기 시작했다.

목숨을 애걸하는 호소 짙은 눈빛이 어김없이 있었으나, 졸 개들은 녀석과 달리 본능에만 이끌려 끈덕지게 달라붙었다.

습격이 대충 멎었을 때 진흙땅은 졸개들의 사체로 발 디 딜 틈이 없었다.

살아 있는 것은 하나, 오르까뿐. 내가 일부러 녀석을 살 려 둔 덕분이다.

말은 통하지 않아도 전달되는 느낌은 있을 것이다. 턱주 가리 촉수를 한 움큼 움켜쥐어 녀석의 얼굴을 끌어당기며 말했다.

"앞장서."

마루카 일족은 이렇지 않았다.

칠마제 군단 중에서는 제일 강력한 종족이라 손꼽히는 것들이 아니던가.

그런데 털북숭이 크시포스들과의 차이점이 희미해져 있 었다. 결정적인 증거로 하나하나 토해 내는 경험치가 현저 하게 줄어든 데 있었다.

나를 지키고 있던 녀석들만 그런 것이 아니라 일족 전체가 그렇게 되고 만 것이라면, 왕성한 번식력 외에는 딱히 내세울 게 없는 종족이 되어 버린 것이다.

멀리 볼 것도 없다.

오르까 녀석부터가 약화된 상태니까.

몇 번을 죽어도 똑같은 힘으로 태어나는 것들인지라, 이런 퇴행(退行)은 처음 보는 현상이다.

대체 얼마큼의 시간이 흘렀는지는 모르겠다만 그사이에 마루카 일족 전체에 격변이 있었던 것만큼은 확실해졌다.

젠장. 녀석의 뒤통수를 후려갈기고 발로 등을 밀어 찼다.

퍽!

진흙에 코를 박은 채로 몸을 떠는 녀석을 향해 소리를 높였다.

"출구!"

"chi…… da……."

내 눈을 마주치지도 못하면서 잘도 그렇게 중얼거렸다.

알량한 자존심만큼은 지키고 싶다는 거겠지. 그 순간 나를 흘깃 올려 보다가 돌려 버린 두 눈에서는 어쩐지 눈물 같은 게 맺혀 있었다.

나를 가두고 있던 구조물의 설계는 생각보다 단순했다.

그러니까 처음에 눈을 떴던 곳이 중앙이었고 거길 중심

으로 바큇살 모양을 띠며 구역 하나씩이 내뻗어져 있었다. 그게 다였다. 애초부터 출구 따위는 없는 설계.

한 벽에 부딪힌 끝에서 녀석이 고개를 저었다. 그런 녀석을 밀친 후 벽을 가격했다.

"출구가 없다면 만들면 되지."

쾅! 쾅!

"To! To! Torrrr—"

차마 내 몸에 손을 대지는 못하지만 보내오는 경고의 눈빛만큼은 완강했다.

혹시나 했던 기대가 무너지게도 녀석은 그렇게 기겁하고 나오는 것이었다. 깊숙이 파여 버린 벽의 한쪽에서 물줄기가 흘러나오고 있던 때였다.

바닷물이다. '격리된 심해의 끝자락'이란 메시지 정보와 일치했다.

녀석은 몹시 분주해졌다. 구멍을 메꾸기 바쁜 녀석의 등 뒤에 대고 뇌까렸다.

"파수꾼은 개뿔. 네 녀석도 나와 함께 갇혀 있던 게 아니냐."

따지고 보면 녀석은 징벌을 받고 있는 것에 가까웠다. 이 한정된 공간 안에서 멍한 시간을 보내 온 것만으로도 충분히.

"Um gorrr—da Torrrr—"

녀석은 나와 자신이 메꾼 구멍을 번갈아 쳐다보며 목울대를 진동시켰다.

"닥쳐. 죽여 버리기 전에. 지금도 간신히 참고 있는 중이니까."

*   *   *

악녀 이악(二惡)으로 도래한 연희.

내 사유 재산을 독차지하여 그것을 지키는 데만 혈안이 되어 있는 조나단.

과도한 욕심에 내전을 일으키고 만 이태한.

한 번씩 그것들이 나타나 조롱 섞인 미소를 지었다. 그것들이 환각이라는 것을 알면서도 참기가 힘들었다.

이번에는 바깥에 적응하지 못해 연쇄 살인마가 된 성일이었다.

죽은 민간인 여자의 유방을 발로 짓밟고 나를 향해 웃고 있었다. 콧등을 긁으며 씩 웃는 그 미소는 이따위 게 무슨 문제가 되냐는 듯했다.

오랜 세월 동안 전 인류를 위해 전쟁을 치러 왔으니, 모든 인류는 자신에게 봉사해야 할 의무가 있다는 항변과 함께였다.

하지만 성일이 죽인 것은 그를 거부한 여자뿐만이 아니었다.

그의 뒤로 경찰과 군인들의 시체가 즐비했다. 그보다 저급한 각성자들도 있어서 협회 상징은 어김없이 피로 물들어 있었다.

그때 성일의 목을 날려 버리지 않을 수 있었던 건 죽도록 머리를 쥐어짜고 있기 때문이었다. 죽여선 안 된다. 녀석은 성일이 아니라 오르까니까. 그래서 두 팔만 날려 버렸다.

주먹 파괴자 특성을 자유자재로 쓰는 그 두 팔을!

[데비의 칼을 시전 하였습니다.]

스삿―!

성일의 두 팔이 피를 뿌리며 아스팔트 바닥으로 떨어졌다.

그래도 그는 미소를 잃지 않고 있었다. 팔 따위 잃어도 인장이나, 다른 힐러들을 겁박해서 다시 재생시킬 수 있기 때문으로 보였다.

내가 오랫동안 자리를 비운 채로 끝나 버린 시작의 장. 그 여파는 팔악팔선 치하의 말세와는 다른 방향으로 최악이었다.

성일이 협회 상징 대신 흉악한 조나단 투자 금융 그룹의 상징을 달고서 흐흐흐 웃어 대고 있을 때.

두통이 심한 머리를 한 번 더 짓누른 후 눈알에 힘을 줬다.

성일의 웃음은 오르까 녀석의 신음소리로 바뀌어졌다.

"to…… to…… torrr—"

성일이 쓰러져 있던 아스팔트 바닥은 여전한 진흙으로 돌아왔다.

나는 비틀거리다가 바닥에 주저앉았다.

바닥에 깔린 진흙의 높이가 앉은 자세의 허리까지 올라와 있는지라, 하체 전체는 진흙의 차가운 기운으로 둘러싸였다.

그 차가움에 집중했다. 부정 환각을 완전히 떨쳐 내기 위해서.

환각도 수차례 겪다 보니 학습되는 게 있었다.

"후우."

나는 이번에도 오르까 녀석을 죽이지 않은 것에 만족했다.

양팔은 잘렸지만, 다시 재생될 것이다.

녀석은 원망 가득한 얼굴로 내 앞, 진액이 다 빨린 원형질 몬스터를 바라보며 말했다. 먹지 마, 제발. 그런 뜻이었던 것 같다.

"누군 먹고 싶어서 먹는 줄 알아?"

나도 역겨워 죽겠다.

생존에 필요한 열량을 채우기 위해서라지만, 일족의 사체에서 진액이나 핏물을 빨아먹는 건 언제고 역겨운 짓이다.

그래서 항상 배가 고프고 신경은 잠을 못 잔 것 이상으로 날카로웠다.

어쨌든 오늘도 시스템에선 기별이 없었다.

경험치를 줬던 것이나, 여러 정보를 띄워 준 것을 보면 시스템의 힘이 어떻게든 미치고 있는 건 맞았다.

그러면 왜 게이트를 열어 주지 않는 것일까. 시스템은 생각 이상으로 많은 제약을 받고 있을지도 모른다. 해 볼 건 다 해 봐야 한다는 생각에서였다.

이 방법으로도 되지 않으면 벽을 부수고 나갈 수밖에 없다.

얼마나 깊은 바다 끝인지는 몰라도.

"야. 오르까."

녀석이 고통에 몸부림치면서도 움찔거렸다.

"여기를 던전 같이 꾸며 봐. 위험이 도사리고 있는 곳처럼 만들어 보라고."

"……."

"네 녀석도 귀족이니 사생아를 만들 수 있을 거 아니냐."

"……."

"사생아. 낳아. 많이."

주변에 깔린 몬스터 사체들을 가리켰다. 웃기지도 않은 손짓 발짓을 해 가면서.

"시키는 대로 안 하면 당장 죽여 버린다."

"……."

"이걸 확! 눈만 껌벅거리지 마라. 무슨 말인지 대충 알아 먹잖아. Chida."

*   *   *

녀석은 제 몸의 재생이 끝난 후에야 사생아를 만들기 시 작했다.

첫 실수는 그것들이 지성체가 아닌 까닭에 원시적인 본 능만 품고 태어나는 존재라는 걸 잠깐 잊은 데 있었다.

터지는 기포에서 그것이 태어날 때마다 내게 몰려들었 다. 그렇다고 오르까 녀석을 경험치 자판기로 만들기에는 그 수치가 너무 미약한지라, 레벨 하나 올리는 데 얼마나 많은 세월이 더 들지 모르는 일이었다.

[라이프 베슬로 삼을 대상이 선택 되지 않았습니다.

선택하여 주십시오.

*라이프 베슬이 활성화 되지 않은 상태입니다.]

잊을 만하면 떠오르는 메시지는 일단 무시하고 은신 효과가 깃든 반지를 꺼냈다.

그 후부터였다. 녀석의 사생아가 점점 불어나기 시작했다.

그것들이 본격적으로 활동을 시작하면서 천장에는 촉수가 달리고 벽과 진흙 바닥 속에는 부식성 액체를 뿜어 대는 생체 함정이 만들어졌다.

짧은 시간 안에 던전 하나가 완성됐다. 면적이 좁아서 가능한 일이라는 걸 감안해도, 이것들의 번식력과 활동력은 역시나 왕성하다는 것이다.

[은신 해제 까지: 1시간 1분 30초]

[은신 해제 까지: 1시간 1분 29초]

시간이 줄어들었다.

정말로 벽을 뚫고 나가 봐야 하나 심각하게 고민하고 있던 무렵.

흡!

나와 함께 오르까도 반응했다.

건너편 통로를 바라보는 녀석의 눈빛은 위엄을 되찾은 듯, 제 사생아 못지않은 살의를 퍼트리기 시작했다.

그쪽에서 느껴지는 기척은 열이었다. 한 개 공격대를 완전히 갖추지 못한 상태다.

상태 창을 꿰뚫어 보지 않아도 그들이 골드 구간을 넘어서지 못한 각성자라는 것을 보자마자 알았다. 아이템 상태가 미약하니까.

난데없이 나타난 내가 몬스터로 보였기 때문일까?

[상대가 당신을 간파하지 못했습니다.]

즉각 전투태세를 갖추는 녀석들을 향해 물었다.

내가 들어도 긴장한 마음이 잔뜩 실린, 떨리는 목소리였다.

"시작의…… 장…… 끝났나?"

"자넨 뭐지? 어떻게 먼저 들어와 있는 거냐?"

나이 지긋한 백인 남자의 검이 내 얼굴 앞에서 멈춰 섰다.

"묻고 있잖아. 시작의 장!"

"……끝났을 리가."

백인 남자의 얼굴 위로 씁쓸한 빛이 스치고 지나갔다.

"몇 막 몇 장?

"2막 5장. 자네 차례야. 어떻게 여기에 있는 거냐? 얼마나 있었던 것인가. 대답해!"

2막 5장!

2막 5장?

그 의문이 머릿속에서 웅웅거렸다.

*　　*　　*

본래 2막 5장이란 건 없었다. 각 막의 3장이 최종장으로 끝.

진행 방식이 달라진 것이었다.

내가 봉인됐던 세월과 무관할 것이라고는 조금도 생각들지 않았다.

그때 대화가 잠시 중단되었다.

오르까가 탄생시킨 몬스터들이 진입자들의 살 냄새를 맡고 쏟아졌기 때문이다.

남자는 입구 방부터 그렇게 많은 몬스터들을 맞이하게 되었지만, 애초부터 탐색만 하러 왔던 것인지 판단이 빨랐다.

"철수!"

하지만 여기는 입구 방이면서 곧 보스 방과 한데 묶인 영역이기도 했다. 어긋나 버린 시작의 장 법칙처럼 여기 던전의 법칙도, 이들이 알고 있던 것과는 다르다는 것이다.

쉬아아악—

천장의 촉수들이 비수처럼 꽂아 내려오면서 퇴로를 막았다. 한 명도 빠져나가게 둘 수 없다는 오르까의 강렬한 의지가 깃들어 있었다.

그렇게 퇴로가 막힌 후에는, 지면에서 올라온 촉수들이 각성자들의 발목을 휘감았다.

나는 촉수에 저항하는 남자를 향해 시선을 던졌다.

[대상을 완벽하게 간파하였습니다. (스킬,개안)]

[이름: 숀 브라운   레벨: 225 (골드)
길드: 없음
군단: 없음 공격대: 숀]

길드에도 군단에도 어디에도 소속된 곳이 없었다. 지금 무대를 판별한 정보가 없다.

그들을 내버려 두고 입구를 막은 촉수를 잘라 출구를 향해 걸음을 내디뎠다.

닫혔던 출구가 열렸다.

밖은 황무지였다. 감각을 끝까지 올려도 다르지 않았다.

끝없이 펼쳐진 황무지 속에는 도시는커녕 야영지 하나 없었다. 몇 군데서 잡혀 오는 기척들은 사람의 것이 아니라 언데드 중에서도 구울의 것으로 추정됐다.

그게 기괴하다.

언데드들은 죽은 자들의 대지에서나 볼 수 있는 것들이다.

그것들이 돌아다니는 세상은 색채 잃은 잿빛의 세상으로, 황량하지만 그래도 여기는 그 세상과는 확연한 차이가 있는 곳이다.

어떻게 돌아가고 있는 거지?

나는 찌푸려진 눈살과 함께 던전 입구로 시선을 돌렸다.

[등급: E

구역: 금단의 영역 (마루카 일족)]

푸르스름한 막에 걸쳐져 있는 창을 뚫고 다시 그 안으로 들어갔다.

잠깐 사이에 난장판이 되어 있었다.

각성자들이 촉수에 휘감겨 허공에서 바둥대고 있었다.

오르까의 사생아들은 그들의 살점을 어떻게든 한입 베어 물고 싶어 날뛰고 있었다.

각성자들은 촉수의 구속에서 풀려나려고 애를 쓰고 있다만 그들은 조금도 모르고 있는 것이었다.

전사자 없이 모두가 살아 있는 이유가, 바로 그 촉수 때문인 것을.

오르까 녀석이 제 사생아들의 본능으로부터 본인들을 구해 주고 있다는 것을.

그때 입구 방에 들어왔던 오르까와 눈이 마주쳤다. 녀석은 체념한 듯 보였다.

맞다. 일단 녀석의 사생아들을 다시 죽여 놓고 볼 일이다.

잠시 후.

오르까의 사생아들을 중앙으로 유인해서 처리하고 돌아왔다.

던전 속의 모든 촉수들은 오르까 녀석의 의지대로 움직여서, 광란의 춤을 추며 꿈틀거려 대고 있었다.

그때도 오르까는 각성자들을 놓아 줄 생각이 없어 보였다. 그렇다고 얌전히 다뤄 줄 마음 또한 없는 것인지 증발된 방어막을 뚫고 그들에게 가하는 압력이 강해지고 있었다.

툭. 툭.

이를 악문 신음 소리와 함께 갈비뼈가 끊기는 소리들이 일었다.

그제야 내가 돌아온 걸 깨달은 걸까. 오르까의 뒷모습이 움찔거렸다.

각성자들을 쥐어짜고 있던 촉수들이 느슨해지기 시작했다.

"거기까지."

짝!

오르까의 뒤통수를 때리자 녀석의 고개가 앞으로 꺾였다.

녀석은 보기와는 달리 눈치가 빠른 녀석이다. 녀석은 마치 아무 일도 없었던 것처럼 태연하게 대답했다.

"To? Torrr—?"

말은 통하지 않아도 내가 무엇을 바라는지 아는 재주를 가졌다.

아니면 나와 동거하던 동안 한국말을 익힌 걸까?

"죽이지도 풀지도 말라고. 인마."

어쨌든 각성자들을 바닥에 떨구려던 촉수들이 다시 팽팽해졌다.

각성자들의 리더인 남자에게 다가가자, 촉수는 대화하기 쉽도록 높은 허공에 옭아매어 있던 놈을 내 얼굴 앞까지 이동시켰다.

이름은 숀. 각성 나이는 육십 대 초반쯤.

소속 길드도 군단도 없는 것들은 뻔한 것들이다. 범죄자
거나 그에 준하는 짓거리를 자행하고 다니는 떠돌이들.

이태한의 준수한 운영에도 불구하고 어김없이 있어 온
것들이다.

"당신…… 사, 사람 맞소?"

말이 좋게 나올 수가 없었다.

"질문은 내가 하고 넌 대답하기만 한다. 너희 같은 것들
과 수다 떨 생각은 조금도 없다는 것."

거꾸로 매달린 놈의 머리를 툭툭 치며 마저 말했다.

"거기에 쑤셔 넣어 둬야 할 거야."

          *   *   *

난데없이 나타났기에 처음엔 몬스터인 줄 알았다. 그러
다 몇 마디 나누고서 자신과 같은 사람이란 걸 깨달았다.

그런데 처음의 생각이 맞았던 걸까? 모르겠다. 모르겠어.

숀은 몬스터인지 사람인지 모를 것을 앞에 두고 겁에 질
렸다.

마루카 일족이 예전만 못하다고 해도 엄연히 칠마제 군단
중의 하나였고 이족 보행의 지성체들이다. 즉 마루카 일족

의 귀족들이 여전히 공포스러운 존재임에는 변함이 없었다.

턱주가리 촉수를 지닌 몬스터는 마루카 일족의 귀족이 틀림없다.

그러면 그것을 종처럼 부리고 있는 자는 대체 뭐란 말인가.

몬스터인가. 사람인가.

마루카 일족의 귀족들이 가진 인간에 대한 혐오와 살의는 칠마제 군단을 통틀어 제일 짙어서, 숀은 자신의 앞에서 벌어지고 있는 광경을 직접 보고도 믿을 수가 없었다.

몬스터를 종처럼 부릴 수 있는 자가 한 명 있긴 하지만, 그 여자라면 여기서 이러고 있을 리가 없었다.

숀은 진흙과 몬스터들의 진액으로 뒤덮여 있는 그자를 향해 물었다.

"당신…… 사, 사람 맞소?"

"질문은 내가 하고 넌 대답하기만 한다. 너희 같은 것들과 수다 떨 생각은 조금도 없다는 것, 거기에 쑤셔 넣어 둬야 할 거야."

숀은 정체불명의 손가락이 자신의 관자놀이를 쿡쿡 찔러 올 때.

찌릿한 뭔가가 시작점에서부터 그대로 반대편 관자놀이까지 관통하는 느낌을 받았다. 그의 입에서 짧은 비명이 터졌다.

"이번 무대의 지도층에 대해서 말해 봐."

그 여자처럼 몬스터를 종처럼 다루는 자. 개안의 간파가
통하지 않는 자.

바로 그 사내가 자신을 바라보는 시선은 멸시로 가득했
다.

숀은 이를 악물었다.

사내가 말했다.

"협회에 반하고, 하지 말라는 짓만 저지르고 다니는 것
들은 꼭 이렇지. 말로 해선 듣질 않아. 아서라. 네놈 말고도
남은 입들이 많으니."

빠지직!

그자의 손에서 위험천만한 불꽃이 튀겼기 때문이 아니었
다.

숀은 뭔가 큰 오해가 있음을 깨달았다. 사내의 두 눈에서
살의가 짙어지고 마루카 귀족의 입가에 음흉한 미소가 피
어오르는 순간.

숀이 황급히 외쳤다.

"빌어먹을, 난 아니요! 난 부랑자가 아니란 말이오!"

"……."

"많이! 상황이 많이 바뀌었소. 대체 얼마나 갇혀 있었던
거요?"

"2막 2장."

순간적으로 숀은 할 말을 잃었다. 그때 그를 동여매고 있던 촉수가 완전히 느슨해진 것과 동시에 그는 진흙 위로 처박혔다.

숀은 얼굴에 달라붙은 진흙을 쓸어내리며 눈을 부릅떴다.

그때 비로소 사람 같아 보이는, 사내의 흔들리는 눈빛이 보였다.

그래도 숀은 안심할 수 없었다. 사내의 어깨 너머에서 자신의 죽음을 그리도 바라고 있는 시선이 있었기 때문이었다.

공포스러운 마루카 귀족이 호시탐탐 자신을 노리고 있는 시선 말이다.

숀은 사내가 마루카 귀족에게 하는 말을 알아들을 수 없었다.

'설마 한국어인가? 아, 아니겠지. 아니어야만 해.'

마루카 귀족이 기가 죽은 채로 멀리 떨어지고 나서야, 그 말이 자리를 비키라는 지시였다는 것을 깨달았다.

확실히 사내와 마루카 귀족의 관계는 무엇으로도 설명될 수 없을 만큼 불가사의한 것이었다. 2막 2장부터 갇혀 있었다는 말만큼이나.

"부랑자가 아니란 말이지?"

"그렇소. 우리가 어딜 봐서 그런 것들로…… 나도 부랑
자라면 이부터 갈린단 말이오."

"미안하게 됐군. 사실일 경우엔."

손이 볼 때는 말만 그랬다. 사내의 신경질적인 표정은 무
척 위험해 보였다.

"말해 봐. 어떻게 바뀌었다는 거지?"

"2막 2장 때부터……."

손은 기억을 더듬어 갔다.

"당신이 여기 갇혔었다던 시기부터 조짐이 있었소. 시스
템이 우리를 험하게 다루기 시작했던 게 그쯤이니까."

생각할수록 치가 떨리는 기억들이었다.

2장은 그렇다 쳐도, 3장에서는 게이트에서 쏟아져 나오
는 칠마제 군단과 전쟁을 치르면서도 시스템의 강제 퀘스
트를 수행해야 했다.

한 손에는 무기를, 한 손에는 수집 퀘스트 아이템을 들어
야만 했다.

그런데 시스템에서만 강제한 것이 아니었다. 당시의 길
드 지도층에서도 퀘스트에 혈안을 띄었던 탓에 많은 사람
들이 갈려 나갔다.

4장은 또 어땠는가.

그것이 어떤 과정으로 왜 그렇게 해야 하는지도 모른 채.

난해한 던전들로 처박혔다.

또 대지의 생명 에너지를 각 도시들로 집약시켜 날려 버리는?

그렇게밖에 설명이 되지 않는 퀘스트들을 이행하는 도중에도 사람들이 끊임없이 죽었다.

돌이켜 보면 사내가 갇혔다던 2막 2장의 어느 한 시점까지는……

시작의 장 전체를 통틀어, 다시는 오지 않을 평화로운 세월이었다.

"그 오랜 세월을 갇혀 있는 게 얼마나 고통스러운 일일지는 직접 경험해 보지 않는 이상은 솔직히 이해한다고 하면 거짓말일 거요. 그러니 당신도 우리가 겪어 왔던 걸 이해하기 힘들 거요. 당신은 어쩌면 여기에 갇혀 있던 게 다행일 수도 있소. 당신같이 강한 자들이…… 제일 먼저 죽어 갔으니."

숀은 사내의 어두워진 얼굴을 보며 의아한 마음이 들었다.

입장을 바꾼다면 지나간 일들에 대해서 흥미를 보여야 할 일 아니던가. 사내가 갇혀 있던 긴 시간들에 대해 자신 또한 흥미가 깊은 것처럼 말이다.

그런데 사내는 그 일이 마치 자신의 책임인 듯한 표정이었다.

숀은 저런 얼굴을 알고 있었다. 이제는 정말로 가물가물해진 기억 속.

고해성사를 할 때나 있던 얼굴이다.

"길드가 없다고 해서 날 부랑자로 본 거, 맞소? 이제 그것만으론 날 부랑자라고 할 수 없소."

사내가 한층 더 어두워진 얼굴로 고개를 끄덕였다.

"왜지?"

"지금은 많은 자들이 길드에 속해 있지 않소. 눈에 띄지 않기에 바쁘지."

"그건 또 왜."

"얻는 것보다 잃는 게 더 많기 때문이오. 적어도 나 같은 사람들에겐 그랬소. 그 여자에게서 도망치고 또 도망쳐서 여기까지 온 거요. 그러다 이런 꼴이 되었지만."

숀의 어투에서 뭔가를 눈치챈 사내는 눈을 부라렸다.

"확실히 해. 여자야. 길드야?"

"2막 2장에서도 유명했던 여잔데, 당신도 알 거요."

사내가 멈칫했다.

"……마리?"

숀은 그 이름을 다시 듣는 것만으로도 몸서리쳐졌다.

"맞소."

"어디서 찾을 수 있지? 마리! 마리 말이다."

　　　　　*　　　*　　　*

　거리에 한 여자가 나타났다.

　크시포스 군단의 몬스터가 분명한 작은 생명체를 품에 안고, 한 손으로는 그 복슬복슬한 털을 쓰다듬으면서였다.

　그렇게 몬스터를 애완동물처럼 다루는데 누구도 그녀를 저지하거나 힐난하지 않았다.

　애초부터 그녀는 절대 말을 붙여서도 쳐다봐서도 안 되는 여자였다.

　그녀가 길드 본관으로 사라지고 나서야, 그녀의 등장과 함께 시간이 정지되었던 것 같은 거리가 비로소 움직이기 시작했다.

　본관 안.

　길드 전체를 아우르고 있는 길드장도 그녀의 앞에선 거리의 일반 각성자들과 다르지 않았다. 위엄 서려 있던 표정은 일순간 사라지고, 극도의 긴장 때문에 눈 밑 근육만 꿈틀거렸다.

　여자가 말했다.

　"어디서 배워 먹은 버릇이야? 네가 직접 와야지."

　"죄…… 죄송합니다. 업무가 너무 많아서……."

　"바쁜 건 좋아. 그럼 성과가 눈에 보여야 하는 거 아니야?"

그때.

작은 생명체를 쓰다듬던 여자의 손이 불쑥 사내의 목으로 치켜 올라갔다. 눈 깜짝할 사이에 길드장은 여자에게 목이 움켜쥐어져 컥컥대고 있었다.

"어쩜 이 아이만도 못해?"

"크어업……."

"이 아이나 날 보면서 느끼는 게 없어? 이런 우리도 열심이잖니."

길드장의 대답이 나오기엔 여자가 목을 죄는 힘이 강력했다.

"네 수하들, 선술집에서 보이더라?"

"지…… 지금……."

"주환아. 이보세요. 성주환 씨. 이번이 정말 마지막이에요. 더 잘할 수 있잖아요. 아니면 정말 그렇게 만들어 주길 바라나요? 날 어디까지 나쁘게 만들 참이에요."

길드장에게 그건 죽는 것보다 더욱 공포스러운 일이었다.

여자는 공포에 질려 있는 길드장을 바라보며 숨을 내쉬었다.

길드장뿐일까. 무대의 모든 사람들이 자신을 두려워하고 있지만 여자가 실로 두려운 건…….

선후가 봉인에서 깨어나지 못하는 경우였다.

　[봉인된 마루카 일족의 방해자에 대하여 (탐험자 보
　상)]

여자. 아니 우연희는 그 창을 다시 열어 보며 간절히 바
랐다.
'깨어난 거니? 제발. 깨어나야 돼. 선후야.'

＊　　　＊　　　＊

해골 용을 타고서 가장 많은 각성자들이 거주하고 있는
지역으로 향하는 중.
그것들과 그것들이 서식하고 있는 땅을 빈번히 목격했
다. 처음에는 부랑자들의 집단인 줄 알았지만 역시나 죽은
각성자들이 돌아다니는 것이었다.
구울이 되어 버리고 만 것. 좀비와는 격이 다른 것들이다.
살아 있을 적의 능력치를 상당히 보유하고 있기 때문에
위험한 존재들이다. 그것들이 여기를 활보하고 있었다.
이번 무대를 구성하는 땅 중 많은 지역이 파괴된 도시들
을 중심으로 '죽은 자들의 대지화'가 진행된 상태였고, 그

렇지 않은 곳들도 황폐하기 짝이 없었다.

"죽은 자들의 땅은 반드시 피해 가시오."

손의 말마따나, 반쯤이 죽음의 기운으로만 가득 차 있는 세계란 것이다.

그렇게 도착한 곳 또한 시스템에서 만들어 둔 도시가 아니었다. 각성자들이 자체적으로 만든 거주 지역. 이번 무대에서 수도라고 칭해지는 거기도, 열악해 보이는 건 마찬가지였다.

한국인들이 적잖이 보였다. 그러나 그 누구도 나를 알지 못한다.

나는 해골 용에서 내리지 않은 채로 허공을 맴돌았다.

길드 본부로 이용되는 건물 안에서도, 술판이 벌어진 움막에서도.

물론 정도 이상의 신음 소리가 기괴하게 나오는 매음굴 안에서도.

연희로 추정되는 기척은 잡히지 않았다. 아래에 대고 외칠 수밖에 없었다. 전투 준비를 마친 공격대들의 머리맡으로 말이다.

"마리를 찾아왔다!"

이들은 무엇을 더 무서워하는가? 확실하게 대답해 줄 수 있다.

연희를 더욱 무서워한다.

공포스럽고 위압적인 해골 용의 모습에서도 투지를 곤두세우고 있던 자들이, 연희의 이름을 듣자마자 대화를 요청하고 나왔다.

* * *

거리를 제 그림자로 채워 버린 거대 괴수.

그 괴수는 굵은 뼈대로만 이루어져 있었다. 안구가 들어 있어야 할 자리도 텅 비어져 있었다.

대신 거기에 채워져 있는 건 새까만 기운, 바로 네크로맨서들이 몰고 다니는 그 기운이었다.

'하필 지금!'

죽은 자들의 땅에서 날아온 게 틀림없었다. 그래서 성주환은 본 드래곤을 타고 나타난 자를 보며 네크로맨서들의 수장인 동시에 마침내 2막 5장의 보스 몬스터가 출현했다고 생각했다.

"마리를 찾아왔다!"

그런데 갑자기 그 여자를 찾아왔다고 하는 게 아닌가!

그것도 정확한 한국말로?

그때 본 드래곤을 타고 나타난 자가 얼굴을 보였다. 얼굴은 더러웠지만 거기서 이글대고 있는 눈은 살아 있는 자의 그것이었다.

네크로맨서들처럼 세 갈래로 갈라진 혀를 날름거리지도 않았다.

하지만 이런 자가 어디서 튀어나왔는지는 우선시될 수 없었다. 그 여자의 이름이 언급되고 만 이상, 성주환은 신중해야 했다.

그가 본 드래곤이 떠 있는 허공에 대고 외쳤다.

"대화! 가능합니까? 마리 님의 손님이시라면 극진히 모시겠습니다!"

그 여자에게 손님이라고 불릴 만한 사람이 있기나 한가?

성주환은 자신이 말해 놓고도 어처구니가 없었다. 그런데 더욱 어처구니없는 건 직후의 상황이었다. 위에서 남자가 뛰어내리는 동시에 본 드래곤이 사라져 버린 것이었다.

모두가 보고 있는 눈앞에서, 물거품처럼 팍!

어쨌거나 성주환은 주위의 반응을 빠르게 살폈다. 행여나 돌발 행동을 하는 녀석들이 나올까 해서였는데 다들 같았다.

그 여자의 이름에 바로 겁을 먹어 정체불명의 남자를 향한 경계를 풀고 있었다.

남자가 땅에 섰을 때 성주환은 남자의 얼굴을 보다 가까이서 볼 수 있었다.

동양인이 확실해졌고 한국말을 능숙하게 구사하는 걸로 봐서는 한국인 각성자로 판단되었다. 그게 이상했다.

이런 자를 본 적도 들어 본 적도 없었다. 하물며 그 악랄한 여자의 이름을 함부로 내뱉어 버리는 자라니.

지금까지 어디에 있다가 갑자기 튀어나왔단 말인가? 마치 하늘에서 뚝 떨어진 것처럼.

"마리는?"

"안 계십니다."

성주환은 남자의 상태 창을 뚫어보고 싶은 충동을 간신히 참으며 대답했다.

"그럼?"

"어디에 계신지는 저도 잘…… 던전에 들어가셨을 겁니다."

남자는 그 여자처럼 하대가 자연스럽고 위엄이 실려 있었다.

"던전 어디?"

그때 성주환의 머릿속에서 의문 하나가 피어올랐다. 그 여자의 행방을 집요하게 쫓고 있는 남자의 눈빛 때문이었다.

'손님이냐. 적이냐.'

비단 성주환뿐만 아니라 길드의 간부진들도 같은 생각 중이었다.

그들의 눈빛이 빠르게 오갔다.

'동료 같은 것일 가능성은 적다. 사람을 가까이 두는 여자가 아니야.'

만일 이 정체불명의 남자가 그 여자의 적이라면 상황을 반전시킬 수 있을 절호의 기회가 될 수 있었다.

남자의 분위기가 예사롭지 않았다.

본 드래곤을 타고 나타난 것이나 그것을 갑자기 사라지게 만들어 버렸던 이능(異能)을 제외하고서라도, 남자에게선 그 여자 같은 강자의 분위기가 물씬 풍겼다.

'해치울 수는 없겠지만 견제는 가능하지는 않을까? 어쩌면······.'

마리는 시작부터 유명한 여자였다. 1막 1장부터 2장까지 걸친 그녀의 헌신도 사전 각성자로서 품고 온 강력한 능력만큼이나 유명했다.

시스템이 차차 수정되며 종국에는 악의적인 부분들이 다 지워졌다지만.

그 일과는 별개로 모두가 변할 수밖에 없었던 세월들이었다.

순진하던 자들은 영악해졌고, 본래부터 영악했던 자들에게는 적나라한 탐욕이 보태졌다. 언제고 생존의 문제가 결부되어 있었기 때문에 누구도 거기에는 손가락질할 수 없을 것이다.

모두를 위해 자기 몸을 돌보지 않았다던 여자가 이리도 악랄하게 변해 버린 것 또한, 자연스러운 진화라고 볼 수 있었다.

가족처럼 여겼던 측근들에게 배신을 당했다 했으니, 어느 누구라도.

그러나 그 여자가 마리인 것이 문제였다. 다만 외부와 단절해 버린 기간은 조용했다. 그러다 2막 1장 무렵이었던가.

마지막 결계를 부수고 빛기둥 파괴를 목전에 두고 있을 때에만 모습을 드러내는가 싶더니, 2막 2장에 와서는 본격적으로 활동하기 시작했다.

그런데 매번 보여 주는 모습이 흡사 시스템의 광신도 같았다.

시스템이 던져 대는 퀘스트들을 전 길드원들이 완벽하게 이행하길 요구했다.

성과가 부진할 경우엔 길드장들은 그녀의 방식대로 다뤄졌다.

예컨대 죽음을 두려워하지 않는 광전사로 만들어 버려서, 본인의 위험한 퀘스트에 포함시켜 버리기 일쑤였다. 그러면 살아 돌아오질 못했다.

그렇게 일반 길드원들에게는 악명이 높지만 실제로 그 잔인한 손길에 노출되어 있던 이들은, 수없이 죽어 나간 길드장과 그 측근인 공격대원들이었다.

물론 저항이 없었던 것은 아니다.

다른 진영들이 합류했던 시기마다 있어 왔었고, 레볼루치온과 투모로우 같은 세계 각성자 협회도 그 여자의 강박적인 요구 사항들에는 견딜 수 없었던 것이다.

그래도 결과는 언제나 같았다.

왜 아니겠는가. 그 여자의 능력은 인간계를 탈피(脫皮)해 버렸는데?

인간의 정신을 마음대로 조작해서 제 종으로도 부릴 수 있는 데다가, 레벨이나 본연의 전투 기술도 탈 인간계였다.

그러다 자신의 차례가 온 것이었다.

더 남아 있는 세계 각성자 협회인들도 없거니와, 알아서 절대복종하는 한국인으로 자신이 길드장으로 세워진 것이었다.

그날부터 가시밭길을 걷듯 항상 긴장을 달고 살았다. 언제고 전임 길드장들의 전철을 밟을 수 있으니까.

그 여자의 요구 사항을 맞추기 위해서는 전임 길드장 이상으로 길드원들을 혹독하게 다뤄야만 했었다. 길드에서 이탈하는 것들은 추격해서 강제로 던전이나 죽은 자들의 땅으로 던졌다.

그러던 중에 정체불명의 이 남자가 나타났다!

"무슨 이유로 마리 님을 찾으십니까?"

"……여기서 찾을 수 있을 거라고 하던데."

"예. 한 번씩 들르시곤 합니다. 오늘 낮에 들르셨으니 최소 며칠간은 오지 않으실 겁니다."

"따로 연락할 방법은?"

"거주하시는 지역이 있긴 합니다만 일정치가 않습니다. 이제 밝혀 주십시오. 마리 님은 왜 찾으시는 겁니까? 마리 님과는 어떤 관계신지……."

꼭 들어야 할 대답이 있다면 바로 그것이었다.

"마리의 동료다. 거기로 안내하도록."

일대가 웅성거렸다.

'그 여자에게 동료란 게 있을 수 있다고? 그게 가당키나 한가.'

성주환은 그 말을 곧이곧대로 믿기가 힘들었다.

"……앞장서겠습니다."

$$* \quad * \quad *$$

성일이나 이태한 등이 있는 무대와는 별개로 진행되고 있는 곳.

그러니까 여기는 시작점이 다른 무대로 연희의 무대였다.

"죽은 자들의 세력이 산 자들의 세력을 넘고 있습니다."

녀석이 대답했다.

"그게 이번 장의 목적인가?"

"도중에 바뀌었습니다. 아시다시피……."

"계속."

"본래도 위협이 되는 것들이었고 퀘스트도 적잖이 있었습니다만, 백 일 전쯤이었을 겁니다. 인도관이 다시 나타나 이번 장의 목적을 분명히 하였습니다."

백 일 전쯤이라면 봉인에서 막 깨어났던 무렵이다. 그 이후부터는 줄곧 던전에 갇혀 있었고.

"2막 3장에 대해서 말해 봐. 몇 개의 무대가 합쳐졌고 목적은 무엇이었는지."

녀석은 그 물음에서 의심되는 바가 있었던지, 잠시 생각에 잠기는 듯했다. 하지만 대놓고 반문하지는 않고 묻는 말에만 대답하기 시작했다.

"2막 3장에서 세 개 무대가 합쳐졌었습니다. 목적은 1막 최종장과 같았습니다. 게이트를 열고 나오는 군단들과 전쟁을 치렀습니다."

거기까진 본 시대의 시작의 장과 비슷했다.

상위 무대로 특정된 무대들이 갈려 나가는 일이 없었던 본 시대에서는.

1막 1장에서 각성자들이 45만 개의 무대로 나뉘져서 시작했던 것이 2막 2장에서는 24개의 무대로 병합되어 있었다. 그리고 2막 최종장에서 8개로 병합됐었다.

이번에는?

증발한 상위 무대의 수가 관건이긴 하지만 큰 차이는 없을 거라 본다.

본 시대에서 각 장을 돌파하지 못하고 낙오해 버린 무대들의 수나, 수정된 시스템에 힘입어 낙오는 최소화되었지만 상위 무대들이 증발해 버리며 감소된 수나.

"2막 4장에서는 무대가 확장되지 않았습니다. 주 퀘스트는……."

녀석의 설명이 끝났을 때.

왜 죽은 자들의 땅이 형성되었고 구울들이 돌아다니고 있는지 깨달았다.

2막 4장에서 생명력을 다 날려 버린 도시들 때문이었다.

시스템에서 내가 봉인된 시점에서 장을 늘리고, 대지의 생명력을 집약시키는 퀘스트들을 연달아 발생시킨 까닭은 바로 나 때문일 것이다.

나를 봉인에게서 해방시킬 힘을 얻기 위해서 전 무대에 퀘스트를 발생시킨 것이다.

녀석의 설명은 손이 들려주었던 말과 일치했다.

2막 4장에서 생명력을 폭발시킨 도시들이 죽은 자들의 땅이 되었고, 2막 5장에서 그 땅을 중심으로 죽은 자들과 산 자들의 전쟁이 펼쳐지기 시작한 것이다.

시스템의 본래 계획이 틀어져 버린 상황임에는 틀림없었다.

시스템의 계획이야, 3막 최종장에 안배되어 있는 칠마제 군단들과의 전면전에서 이 지지부진한 전쟁을 끝마치는 게 아니겠는가.

빌어먹을.

없어도 될 희생이 늘어났다. 죽은 자들을 상대로 전선이 확장되었다.

내가 봉인된 여파는 상황을 개 같이 만들어 버렸다.

8개의 무대.

내 시작점이기도 한 성일 등이 있는 무대에서도 지금 이 시각 죽은 자들과의 전쟁이 한창일 거다. 전세가 기울고 있다.

본 시대와 똑같은 결과로 치닫고 있는 것인가. 인류의 패배로……

"마리! 마리이이이—!"

마리의 거주 지역. 죽은 자들의 한 땅과 접경하고 있는 지역으로 들어와서였다.

그렇게 외치는 동시에.

그녀와 나만이 통하는 전음을 사방 군데로 뻗쳐 보냈다.

『연희! 우연희! 그만 멈춰도 돼!』

『선…… 선…… 선후야!』

Chapter 5.

『어, 어떻게…… 거기서 기다릴래?』

『내가 그쪽으로 가마.』

[죽은 자들의 서식지(4)에 진입하였습니다.]

가는 길마다 구울의 시체가 너저분했다. 그것들이 죽으
며 남긴 토사물과 부패된 내장 덩어리들로 땅이 미끈거렸
다.

거기에서 올라오는 악취는 버려진 지 수십 년 된 시궁창
보다 역했다.

깔끔하게 대가리가 절단된 것들은 연희의 작품으로 보이는 반면.

전기톱으로 사정없이 난자한 듯한, 그 폭력적인 작품들은 거대 괴수가 휩쓸고 지나간 자취로 보였다.

이윽고 도시가 보였다.

대낮임에도 불구하고 밤처럼 스산하기만 하다. 2막 3장까지는 각성자들의 안식처였다가 이제는 죽은 자들의 요새가 된 곳이다.

잘 따라오던 길드장 녀석이 멈칫거렸다. 죽은 자들이 차지한 도시를 직접 마주한 것은 이번이 처음인 것 같았다.

녀석의 시선은 허물어진 외벽 곳곳에 시체들의 사지가 축 늘어진 광경에 머물러 있었다. 그러는 한편 더 깊숙한 곳에서 들려오는 역겨운 소리들에 얼굴을 굳히고 마는 것이었다.

녀석이 볼 때에도, 도시는 폭발 직전의 무언가를 품고 있는 듯한 인상이었을 것이다. 바로 죽음뿐인 어둠 말이다.

나는 녀석의 뒤통수를 갈겼다.

퍽!

아프라고 때린 것이라서 녀석은 충격을 받음과 동시에 앞으로 고꾸라졌다.

갑자기 자신을 왜 공격했냐는 듯, 항변 서린 눈초리가 휙 돌려졌다.

거기에 대고 뇌까렸다. 마음 같아선 녀석의 그 얼굴을 짓밟아 버리고 싶다.

"이런 곳에 마리를 혼자 둔 거냐?"

모를 수가 없었다.

이것들이 연희를 어떻게 생각하고 있는지를.

나를 두고 눈알을 굴려 댔던 까닭이 무엇이었는지를.

숀, 성주환 등 이 무대의 각성자들은 하나같이 연희를 악녀로만 취급하고 있었다. 실(失)만 생각하고 더 큰 득(得)은 외면한다.

그간 연희의 통치가 어땠든지 간에 지금 이 무대가 존속하고 있는 이유는 틀림없었다. 연희 혼자 죽은 자들의 도시를 돌고 있기 때문.

마치 2막 1장에서 내가 혼자 빛기둥의 결계를 돌파했던 것처럼 말이다.

"마리 님의 지시였습니다. 저희도 이런 곳일 줄은 차마……."

쿠아아악—!

도시 안에서 괴성이 울렸다. 뭔가가 무너지는 소리가 따라붙었다.

"군단을 조직해 오겠습니다."

눈에 빤히 보이는 핑계. 도시 안으로 들어갈 수 없다는 저항이었다.

그때.

거짓말 같은 미소가 시선에 들어왔다. 하지만 그 이면에 깃든 초췌함이 눈에 잡혔다.

연희는 얼굴을 알아볼 수 없을 만큼 피 칠이 되어 있었다. 그래도 피곤이 찌든 두 눈이나 중심이 살짝 무너져 있는 자세는, 그간 그녀가 혼자서 얼마나 고군분투를 해 왔는지를 보여 주고 있었다.

드디어 만났다. 하지만 연희는 나를 쓱 쳐다본 후 길드장 녀석에게로 시선을 옮겼다.

"받아."

연희가 그렇게 말하며 양손에 하나씩 쥐고 있던 대가리를 녀석에게 던졌다.

녀석은 반사적으로 그걸 품으로 받았다. 어느 각성자 둘의 구울화 된 대가리였다. 대가리가 잘린 상태에서도 눈을 깜박거리고 있었다.

순간 부릅떠진 눈으로 보건대, 녀석도 알고 있는 얼굴인 듯했다.

길드장 녀석이 그걸 가지고 도망치듯 떠난 직후였다.

쿵쿵!

연희가 돌아본 뒤쪽에서 크시포스 군단의 거대 괴수가 지축을 울리며 나타났다.

쩍 벌려진 아가리 속에는 구울 들의 대가리들이 굴러다니고 있었다. 온몸에 돋아나 있는 가시에도 구울들이 꿰뚫려 팔다리를 휘젓고 있었다.

스르르.

괴수는 거리가 좁혀지면서 빠르게 소형화가 진행됐다. 가시는 보드라운 털 속으로 사라졌다. 그것이 달고 나왔던 구울들은 지나쳐 온 경로 곳곳마다 방치되고 말았다.

최종적으로 괴수는 연희의 품에 안길 만큼 작아졌다. 그 흉악했던 얼굴 또한 털 속에 가려져, 겉으로 볼 때는 솜뭉치와 다를 바 없는 외양이었다.

소형화 상태에서는 크시포스 잡졸들과 큰 차이점을 발견하기 힘들다.

놈이 가진 진짜 위력에도 불구하고.

"저번 장에서 얻었어."

연희는 늘상 해 온 일인 양 그것의 등을 쓰다듬는 게 자연스러웠다. 그것의 털에 구울의 장기 조직과 살점들이 더럽게 엉켜 있었어도 개의치 않아 했다.

"날 제 주인으로 알아. 오래 걸렸었어. 이 아이 귀엽지 않아?"

뭐지? 이 뜻밖의 반응은?

연희의 시선은 크시포스에게 멈춰서 내게로 돌아오지 않았다.

"어쨌든 선후야. 여기서 널 만나게 될 줄은 몰랐어."

"덕분에. 봉인되어 있던 구역의 문이 여기로 열려지더군."

"그랬구나."

순간 흩어진 연희의 미소가 묘하게 보였다. 어쩐지 날 반기지 않는 것처럼 느껴진 것도, 그냥 느낌만은 아닌 것 같았다.

"것보다 바클란 군단의 본토에서 복귀했을 때. 왜 귀환석을 쓰지 않았던 거냐. 얼마나 기다렸었는지 알기나 해?"

연희의 시선과 행동은 크시포스에게만 머물러 있었다.

차라리 다 터놓는 게 낫다고 생각했기 때문이었을까. 고개를 든 연희의 얼굴에 결단이 서렸다.

"아직도 모르겠어? 선후야. 나하고 엮이면 안 돼."

고작 그런 이유 때문이었던가.

우습지도 않았다.

"그까짓 것 신경 쓸 것 같나? 천만에. 네가 어떻게 불리고 있는지 따윈 조금도 신경 안 써."

연희는 고개를 저었다.

"여기가 끝난 이후도 생각해야지. 내가 붙어 있으면 다들 네 진심을 의심하게 될 거야. 아무나 붙잡고 물어봐. 날 어떻게 하고 싶은지."

연희는 스스로를 비웃는 눈웃음과 함께 마저 말을 끝냈다.

"여기서 난 악녀(惡女) 마리로 불려. 공공의 적이란 말이지. 전 인류를 이끌 사람이 그런 악녀와 엮여서 되겠니?"

*　　　*　　　*

"선후야. 그런 일은 있어선 안 돼. 내 자리는 네 옆이 아니라 뒤야."

대화가 끊겼다.

연희의 애완물이 달고 왔던 구울들이 복부가 꿰뚫린 상태에서도 잘도 뛰어왔기 때문이다. 어차피 그것들이 활동할 수 있는 힘은 뚫린 거기에서 흘러나오는 장기 같은 게 아니다.

심장도 아니다. 대가리. 정확히는 이족 보행의 파충류, 네크로맨서들의 명령을 직접적으로 하달받는 뇌만이 활동력의 근본이다.

심장을 뽑아내고 몸뚱이를 절단 내도 움직일 수 있는 게 바로 그 때문이다. 대가리를 잘라 내도 끝나지 않는 것 역시 그 때문.

그래서 처치 방법은 두 가지다. 하나는 뇌를 박살 내는 것. 두개골과 함께 갈라 버리든지, 밟아 터트려 버리든지, 쑤셔 발기든지.

다른 하나는 이것들이 종속되어 있는 네크로맨서를 찾아 죽이는 것.

나는 자른 대가리 하나를 연희의 발 앞으로 던졌다. 연희는 거기서 끔벅거리는 눈을 쳐다보다가 내게로 시선을 가져왔다.

왜?

그런 얼굴이었다. 못 본 사이에 연희에게 드리워져 있던 그늘이 꽤 걷혀 있었다.

우려해 왔던 바들과는 정반대였다.

"그렇게 하나하나 따지다간, 사상 최악의 악인(惡人)은 바로 나겠군."

"그게 무슨 말이야."

"바깥에 돌아간 후를 생각해 보라며. 네가 얼마나 죽여 왔는지는 자세히 모르겠다만 나보다 많을 수는 없다. 내가 봉인된 여파로 희생되어 온 자들은? 거기까지도 내가

다 책임져야 하나? 이것들이 이렇게 된 것에 대해서 내가 다?"

콰직!

짓눌러 밟자 구울의 대가리가 터졌다.

"다른 것들이 입방정을 떠는 것이라면 몰라도, 네가 스스로 악녀라고 자처한다면 나부터가 온갖 죄를 지어 왔다는 거다."

"……."

"지구의 주인이 나라고, 괜히 말했던 것이 아니야. 난 세계 자본을 독점했지. 그 돈놀이에 얼마나 많은 인생들이 파탄 났을까 생각해 본 적 있어? 권력을 집중시켰다. 장막 뒤에서 언론을 탄압하고, 혹 우리에게 접근하는 것들은 입막음을 시켰다. 쥐도 새도 모르게 죽어간 사람들이 많아. 시작의 장 이전부터 전 세계는 내 죄악으로 물들어 있다."

"……."

"너는 자신을 그렇게 보면서 나를 왜 그렇게 보지 못하는 거지?"

연희가 고개를 저으며 황급히 내뱉었다.

"달라."

"뭐가."

"넌 인류를 구했어."

"넌 그런 나를 구했지. 스스로를 자랑스럽게 여겨야 돼."

"너였으니까 그랬던 거였어. 다른 목적은 없었어."

"누군들 다를까. 나도 마찬가지다. 우리 가족들을 위해서였지. 전 인류를 구하니 뭐니 하는 건 그걸 실현시킬, 곁다리였을 뿐이었지. 전 인류가 몰락한 말세에 우리 가족들을 놓을 수 없었으니까."

나는 연희와 거리를 좁혔다. 얼굴을 좀 더 가까이 마주할 수 있도록 보폭 하나를 더.

"생각해 봐라. 전 세계의 자본이 단 한 명에게 집중된 것이 세상에 알려지면, 대중들은 나를 뭐라 부를까? 전 세계의 경제, 정치, 문화가 한 사람의 입맛대로 좌우되는 현실을 어떻게 대할까. 뻔하잖아."

연희는 할 말을 잃었는지 조용해졌다.

"그런데 말이다. 그런 일이 일어나도 눈 하나 깜짝할 것 같아? 쥐뿔도 신경 안 써. 누구 덕분에 여기까지 왔는데. 너도 그래야 돼. 연희야. 네가 만들어 놓은 결과를 봐 봐."

"……."

"네가 없었다면 여기나 바깥이나 내가 없는 전쟁을 치러야 했겠지."

결과만 좋으면 모든 게 용인되냐고?

작금의 현실은 철학 나부랭이들이 그렇게 떠들어 댈 수 있는 세상이 아니다.

그런 것들은 몬스터에게 사지가 뜯겨 보거나, 원시 시대 같이 퇴행한 세상 안에서 비참한 인생을 살아 봐야 정신을 차릴 것이다.

"그게 사실이다. 본래 목적이 무엇이든지 간에 우리가 인류를 구하고 있다는 것."

연희가 나를 답습해 왔기 때문일지도 모른다.

우리는 동일한 구석이 많았다.

"멋대로 떠들어 대라지. 그렇다고 진실이 달라지는 건 아니니까. 우리가 지금까지 해 온 것들, 앞으로 할 일들. 그건 우리들만이 할 수 있는 일이다."

*　　　*　　　*

"내가 미안해. 무슨 말인지 알겠으니까 네 자신을 두고 악인이라고 하지 마. 누구도 너를 그렇게 불러선 안 돼."

연희가 내게 한 말이었다.

"내가 왜 악인이지? 네 논리에 따르면 그렇다는 거다. 연희야. 그러니 지금 이후로는 똑같은 말을 되풀이하게 하지 마."

"하지만 알고 있을 거야. 나, 옛날의 네가 알고 있던 내가 아니야. 네 무대로 돌아갈 수도 없다면서. 같이 있을수록 실망할 게 많을 거야. 들려오는 이야기들도 있을 테고."

"바클란 본토에서 충분히 봤다. 거기서 더 알아 둬야 할 게 있나? 오히려 좀 더 나아진 것 같아서 안심인데. 솔직히 그렇다."

바클란 본토에서는 그야말로 어둠 속에 빠져 사는 사람 같았다. 실로 위험천만한 기색이 다분해서 이악(二惡)까지도 연상시켰었다.

지금은 당시보다 훨씬 낫다. 그간 무슨 일들이 더 있었는지는 모르겠지만, 그날부터 시간이 많이 흘렀다는 게 실감 됐다.

그때 연희의 붉은 입술이 열렸다.

"그렇게 보였다면 다행이긴 한데. 솔직히 그래. 널 악인이라고 손가락질하는 것을 보게 된다면, 그 자리에서 바로 죽여 버릴지도 모르겠어."

연희는 외벽 밖으로 흘러나온 구울을 처치하기 위해 몸을 돌렸다.

살아 있을 적의 능력치가 나쁘지 않았던 구울이었다. 빠르게 질주하다가 높게 뛰었고 하늘을 날듯이 떨어졌으며, 그렇게 대가리에 깊은 구멍이 뚫렸다.

"이렇게."

연희가 살짝 코웃음을 치며 내게로 얼굴을 가져왔다.

나 위험한 여자야, 라는 듯한 웃음.

피를 흠뻑 뒤집어쓴 상태지만 코 위로 접히는 주름이 앙증맞게 강조되었다.

그걸로 됐다. 농담을 할 수 있을 만큼 풀어진 걸로 됐다.

여전히 살의로 번들거리는 두 눈을 가늘게 뜨고 다니겠다만 여기까지 도달한 각성자라면 누구라도 그런 눈을 띠니까.

한편 연희의 품에 안겨 있는 크시포스에게로 시선이 갔다.

연희의 품에 안긴 채로 작게 변한 꼬리를 계속 흔들어 대는 것이, 개새끼와 다르지 않았다. 연희의 긍정적인 변화는 이 몬스터 때문인 것 같았다.

연희가 내 시선에 대답했다.

"착한 아이야. 여러모로 많이 도와주고 있어. 네가 없는 동안."

천하의 이악(二惡)도 네임드 괴수를 이렇게 부릴 수는 없었다.

크시포스 군드락의 왕을 착한 아이라고 부를 수 있는 사람은 전 시대를 통틀어 연희밖에 없을 것이다.

그게 아이러니했다.

사람에게서 얻은 마음의 상처를, 몬스터 따위에게서 회복하고 있다니.

이래서는 당장 제거해 버리라는 말은 하지 못할 것 같다.

그 말에 대고는 더더욱이.

"이젠 말해도 될 것 같아. 정말 많이 보고 싶었어. 선후야."

연희는 꾹 눌러 왔을 눈물을 터트렸다. 그것이 내 가슴을 쿡쿡 찔러 들어왔다.

*   *   *

제대로 된 보금자리에서 재우고 싶었다. 그러나 연희는 사람들이 모여 있는 공간을 싫어했다.

썩은 나무를 베개 삼기보다는 내 팔이 나을 것 같아서 내 팔을 빌려줬다. 곧 연희는 깊은 잠에 빠졌다. 그녀의 숨소리가 쌕쌕거렸다. 크시포스는 그녀의 허리를 파고들었고.

사실, 고대했던 그녀와의 재회를 이룬 날임에도 기분이 별로였다.

세상 모르게 잠든 얼굴이 측은해 보였기 때문이었다.

태연한 얼굴로 감추려 하지만 이미 많은 상처를 받아 버린 여자다.

그녀의 얼굴에 묻은 핏물들은 물로 지울 수 있지만, 그녀의 마음에 딱지 져 버린 흉터들은 무엇으로도 지울 수 없을 것이다.

그간 혼자서 얼마나 고생했을까. 육체적으로도 정신적으로도.

나는 그녀를 내려다보며 다짐했다.

이젠 내 차례다.

앞으론 내가 지켜 주마.

이튿날 정오.

우리는 동시에 눈을 떴다.

"넌 여기에 있어."

조심스럽게 팔을 빼내고서 연희에게 말했다.

다행히 연희는 말귀를 알아들었다. 어느새 나를 껴안고 있던 팔을 크시포스 쪽으로 돌리며 등도 함께 돌아갔다.

간이 천막 밖으로 멀리, 녀석들의 기척이 느껴졌다. 우리를 찾고 있는 게 분명하게도 많은 녀석들이 근방을 배회하고 있었다.

그중에서 길드장 녀석의 기척을 쫓았다.

"네크로맨서는 어떻게 되었습니까. 해치우셨습니까?"

녀석이 날 보자마자 물었다.

"맡겨 뒀냐?"

"……."

"꺼져. 데리고 왔던 놈들 다 데리고 당장. 시끄럽게 굴지
말고."

그래도 녀석은 어물쩍거렸다.

"죽지 않는 자들이 군세를 갖추고 있는 게 포착되었습니
다. 네크로맨서가 살아 있는 게 아니고서야 그렇게 정비될
수 없습니다."

"그럼 여기엔 왜 온 거냐. 거기 어딘가에 네크로맨서가
있을 게 아니냐."

"잘 모르시는 것 같군요. 네크로맨서는 마리 님께서 줄
곧 추격해 오셨던 마물입니다. 마리 님께선 어디에 계십니
까? 당장 이 소식을……."

"마리 하나 빠졌다고 패할 전쟁이라면 더 볼 것도 없겠
지."

"무슨 말씀이신지."

"너희들도 이미 충분히 강하고 준비되어 있다. 이럴 시
간에 전비나 보강하고 있어야지. 여기까지 허투루 살아남
았나?"

"그 말씀은."

"마리는 빠진다. 이참에 확실히 하마. 너희나 우리나 양

측 간에 서로 개입하지 않는 걸로. 왜. 너희 것들이 줄곧 바라 왔던 일이잖은가. 그걸 들어주겠다는 거야. 반가운 소식 아닌가?"

"……다시 뵈면 어떻게 불러 드려야 할까요? 아직 성함도 모릅니다."

"알 것 없다."

다시 만날 일도 없으니.

"알아 처먹었으면 곤한 잠 깨우지 말고 당장 꺼져."

경고는 그것으로 끝이었다.

녀석의 얼굴이 딱딱하게 굳어졌다. 하지만 그것은 꾸민 얼굴에 불과했다. 치켜 올라가려는 입꼬리의 움직임이 있었다.

녀석은 그걸 감추기 위해서라도 황급히 몸을 돌렸다.

그때 녀석의 대가리를 날려 버리지 않았던 건 녀석들과 죽은 자들과의 전투가 목전에 이르렀기 때문이었다.

생각할수록 괘씸한 것들.

연희가 없어지고 나서야, 연희의 그늘 안에서 누려 왔던 게 무엇인지 깨달을 녀석들이다.

간이 천막으로 돌아왔을 때.

연희는 크시포스를 껴안은 채로 얇은 미소를 띠고 있었다.

"그것들에게 애정이 있던 건 아니지?"

내가 물었다.

"말했잖아. 후련할 뿐이야."

"네크로맨서를 잡긴 해야겠지. 이 무대서든 내 무대에서 든. 이놈의 퀘스트는 언제 뜨는 거지."

"네 무대라니? 그런데 아직도 안 떴어?"

뜨는 메시지라곤 이것뿐이다.

[라이프 베슬로 삼을 대상이 선택 되지 않았습니다.
 선택하여 주십시오.
  *라이프 베슬이 활성화 되지 않은 상태입니다.]

선택을 되돌릴 수 없기에 신중에 신중을 기해야 한다.

처음에 떠올랐던 대상은 발키리 중에 하나였다.

보관함, 오딘의 황금 갑옷 그리고 발키리 순으로 이어지 는 몇 겹의 방어 장치 안에 라이프 베슬을 숨겨 두는 것이 었다.

그러나 라이프 베슬은 결국 대(對)칠마제용일 수밖에 없 었다.

칠마제 같은 고등한 존재들이 보관함, 그 작은 시공 하나 꿰뚫어 보지 못할까? 일악이나 지금의 나도 가능한 일을 칠마제가 못할 리가.

해서 칠마제와 마주했을 때는 내 곁에 라이프 베슬이 없어야 한다.

내 곁에 두는 건 라이프 베슬의 존재 의미가 없어지는 것이다.

그렇다면 내게서 떨어진, 안전한 장소에 숨겨 둬야 한다는 건데…….

고민이 길어지는 까닭이었다.

연희가 내 시선을 오해하며 말했다.

"너도 날 많이 보고 싶었다는 거…… 말 안 해도 알고 있어."

살짝 부끄러운 기색으로 그녀의 양 뺨에 홍조가 폈다.

"자리부터 옮기자. 귀찮은 것들이 더 달라붙기 전에."

"응?"

＊　　　＊　　　＊

2막 1장에서 여덟 개 도시로 한 구역.

2막 2장에서 그런 다섯 개 구역이 합쳐져서 한 구역.

2막 3장에서 그런 세 개 구역이 합쳐져서 한 구역.

그렇게 여기는 총 백이십 개의 도시와 엮여 있던 땅들이 하나로 병합된 넓은 무대다.

면적만 놓고 보면 한국의 총면적과 비등할 거라 추정된다.

우리는 무대를 지휘하고 있는 길드의 영향력이 미치지 않는 땅으로 떠났다.

그날 밤 도착한 곳은 여기에 와서 처음 발을 디딘 구역이었다.

오르까 녀석이 갇혀 있는 던전은 여전히 남아 있었다.

다만 던전 입구 옆.

숀의 야영지는 박살이 나 있었는데 부랑자들의 습격을 받은 건 아니었다.

구울들의 부패한 팔다리가 여기저기 널려 있는 것이나, 그들이 야영지에 뒀던 물품들까지도 그 자리에 그대로 있는 걸 보면 그들은 필시 구울들에게 죽임을 당한 것 같았다.

구울들은 좀비처럼 굶주리지 않는다. 네크로맨서의 명령에 따를 뿐.

그래서 뜯겨 먹은 시체 하나 발견되는 것이 없었다. 거길 지나치고 나서였다.

"여기였다."

[등급: E

구역: 금단의 영역 (미루카 일족)]

닫혀 있던 던전 입구가 우리에게 반응했다. 푸른 막이 여기와 저기를 구분 짓자마자, 오르까 녀석이 허겁지겁 뛰어오는 게 보였다.

던전 입구도 일종의 게이트다. 열려 버린 이상 녀석도 여기로 나올 수 있지만 내가 그걸 용인하지 않을 거란 걸 모를 리가 없었다.

그래서 녀석은 푸른 막 뒤에서만 외쳐 대고 있었다. 굉장히 간절한 표정이되, 막에 가로막혀 실상 들려오는 음성은 전무했다.

"알지? 마루카 일족의 귀족. 봉인된 장소를 지키고 있었다."

"용케 살려 뒀네."

연희는 그것보다도 녀석이 나올 수 있으면서도 나오지 않는 게 더 흥미롭다는 듯한 시선을 보냈다.

살려 두기만 했을까. 숀 일행에게도 몇 번이고 신신당부했다.

내버려 둬도 절대 공략 못 할 전력이기도 했지만 던전이 유지되길 바랐다. 혹시나 해서였다.

시스템이 저 던전에서 여기로 길을 열어 주었던 것처럼, 내 시작점의 무대로 다시 길을 열어 줄 수 있지 않을까 하는 기대에.

"여기에 귀환 지점 찍고 따라와 봐."

"귀족이란 말이지? 잘됐네. 그렇지 않아도 저놈들, 다시 만나고 싶었어."

먼저 발을 내디뎠다.

오르까는 황급히 뒤로 물러섰다.

연희가 이어서 들어왔고 던전 문은 즉각 닫혔다. 평범한 벽으로 돌아간 것이다.

뭔가를 떠들어 대려는 오르까에게 쉿, 하고 짧은 소리를 냈다.

연희가 오르까의 평범치 않은 반응에 관심을 보이던 그때는, 연희의 애완물에게서 금방이라도 폭발해 버릴 것 같은 심상치 않은 기운이 점점 커지고 있던 때였다.

기죽은 오르까의 주둥아리 촉수가 늘어져 있는 광경을 끝으로.

나는 허공에 대고 말했다.

날 봉인에서 깨우기 위해 별의별 퀘스트들을 만들어 댔던, 바로 그 시스템을 향해서.

"내 무대로 돌아가는 문을 열어. 거기가 주력이다. 이딴 무대보단, 거기에서 통합해 진행하는 게 효과적이다."

속으로 숫자를 셌다.

셋. 둘. 하나.

그러고 나서 막힌 벽을 향해 거리를 좁혔다. 푸른 막과 그 너머 위로 비스듬히 기울어지는 통로가 어김없이 나타났다.

결과부터 말하자면 숀의 야영지가 그대로인 무대와 이어졌다.

빌어먹을 새끼.

시스템은 우리 각성자들을 체스 말로 사용하고 있다. 내게 많은 힘이 집약되어 있다고 한들, 그래 봤자 나도 왕관만 썼지 다름없는 신세라는 걸까.

판을 짜는 건 자기라는 듯, 시스템은 내 요구에 응답하지 않았다.

진실이 무엇이든.

바뀌지 않은 광경은 내게 그렇게 말하고 있는 것 같았다.

닫힌 문을 다시 열고 던전으로 되돌아가서였다.

오르까를 올려다보는 연희의 두 눈이 거멓게 물들어 있었다. 오르까는 그런 연희를 내려다보며 미동 하나 없고 초점도 흐릿했다.

그리고 크시포스는 어느새 바닥에 내려와 있어 나를 경계하고 있었다.

실제로 연희에게 다가서려 하자, 크시포스의 온 털이 곤두섰다. 더 다가갔다가는 거대화가 진행될 게 분명했다.

여기는 깊은 심해의 구조물 안이다. 본능으로만 살아가는 괴수가 거기까지 신경 쓸 만큼 영리할 리는 없어서, 도중에 걸음을 멈춰야 했다.

잠시 후.

오르까가 부들거리며 얼굴 위로 깊은 절망감을 드러냈다.

내게 수없이 죽어 가면서 보였던 반응과는 또 달랐다. 나를 향해서는 공포에 질리는 모습을 보였을지언정, 저렇게 괴로워하지는 않았다.

"걘 또 왜 그래."

"일족에게 죄를 지었다고 여기고 있어. 다신 일족에게 돌아갈 수 없다고도 여겨. 이놈을 창구로, 일족의 기억 창고에 들어갔다 나왔거든. 내버려 둬도 돼. 자결하진 않을 거야."

연희는 살짝 웃으며 말을 이었다.

"수없이 죽어 봐서 더 죽고 싶지 않아 해. 이놈 되게 웃긴다. 그 정도로 죽어 봤으면 죽음에 초연해질 수 있는 거 아닌가."

"자결할 녀석이었으면 진즉 그랬겠지. 그래서 뭘 보고 왔어?"

역시 연희는 본 시대의 이악을 넘어섰다.

"원종들의 기억에는 접근할 수 없었어. 이놈 보기만 이렇지 지위가 생각보다 낮은 놈이었어. 그런데 선후야. '올드 원'이라고 들어 본 적 있어?"

"잠깐."

"응?"

나는 절망에 빠진 오르까를 턱짓하며 대꾸했다.

"저 녀석, 생각보다 많이 알아듣는다."

"그럼 나갈까? 죽이지 말게. 저렇게 길들여진 놈을 언제 또 만나겠어. 네 말이라면 죽는 시늉도 할 걸?"

*　　　*　　　*

던전에 나와서 연희의 설명이 이어졌다. 시스템의 실체에 대한 것이었다.

올드 원.

"넌 시스템을 인격처럼 대하면 안 된다고 해 왔지만 마루카 일족의 생각은 달라. 지금까지의 정황도 충분히 그렇잖아."

"흠."

"인격이라기보다는 의지. 시스템은 그 의지가 일으킨 방어 기제? 같은 거랄까. 옛날에 네가 했던 말이기도 해. 현

인류의 문화와 융화될 수 있는 방법을 택한 것 같아. 우리의 올드 원은."

올드 원은 보다 더 섬뜩해질 수 있는 이름이었다. 적어도 우리는 그렇게 부르면 안 된다. 얼마나 더 많은 광신도를 낳으려고?

그 점을 분명히 짚고 넘어갔다. 올드 원이라는 이름은 08년에 세상의 빛을 보지 못한 채 묻혀 버린 비트 코인처럼 봉인되어야 한다.

시스템은 시스템. 그 이상도 그 이하도 아닌, 초자연적인 현상.

딱 그 정도까지만.

연희는 납득하면서 화제를 돌렸다.

"네 무대로 가는 문을 열라던 말. 그거 시스템에게 했던 거지? 이건 내 추정인데, 널 여기로 보낸 이유는 그렇지 않을까? 8개 무대 중 여기 무대가 가장 열세일 수 있어. 다른 무대의 리더들은 나처럼 진행해 오지 않았을 테니까. 난 강한 자들을 내버려 두지 않았거든. 음…… 쥐어짰어."

"레볼루치온과 투모로우를 우선으로?"

연희가 살짝 경직된 얼굴로 고개를 끄덕였다.

"나라도 그랬을 거다. 사전 각성자들은 그러라고 먼저 각성된 거야."

세계 각성자 협회를 조직해 뒀을 때에는 시작의 장의 진실을 몰랐던 때였다. 여긴 전장이다.

그렇게 본 시대에서 시작의 장이 끝난 후에도 침공이 계속됐던 건, 작금의 전쟁에서 패배했기 때문이었다. 만일 여기서 승리를 쟁취한다면 전쟁은 이대로 마무리되는 것이다.

최고의 시나리오는 세계 각성자 협회가 없어도 되는 세상이 오는 것!

바깥에 돌아가서는 잔존해 있는 몬스터 무리들을 제거하기만 하면 되고.

행여나 그런 게 가능한지는 모르겠다만, 시스템이 우리에게 인계했던 능력들을 회수할지라도 내게는 더 큰 힘이 남아 있을 테지.

금력(金力)이. 그것이 파생시키는 금권(金權)이.

그때쯤.

오래 끌고 왔던 고민에 마침표가 찍혔다.

시작의 장에서 우리의 승리로 전쟁이 끝나야 한다. 그러니까 시작의 장 안에서 찾을 수 있는 가장 안전한 장소는……

"연희야. 네게 맡겨 두고 싶은 게 있다."

　　　　*　　　*　　　*

"뭐?"

"내 생명들."

타인에게 내 소중한 일부를 맡긴 건 이번이 처음이었다.

　　[라이프 베슬이 활성화 되었습니다.]

　연희를 라이프 베슬로 선택하기 전에는 전신을 누르는 힘이 계속 느껴져 왔었다.

　그러나 그녀를 라이플 베슬로 선택한 순간, 그런 검은 기운들이 연희 쪽으로 빠져나가며 내 몸을 떨게 만들었다.

　"네가 죽지 않는 한, 나 역시 죽지 않는다."

　뱉은 말에서도 흥분이 묻어 나왔다.

　연희도 말없이 고개를 끄덕였다.

　그렇게 그녀가 전투적 열의와 애정으로 뒤섞여 있는 그 눈빛으로 나를 빤히 쳐다보는데, 우리가 함께 보내 왔던 지난 시간들.

　정확히는 지금까지 그녀가 보여 주었던 희생과 연정들이 내 몸을 잡아끌었다.

　팔이 뻗쳤다. 그녀를 내 가슴 안쪽으로 끌어당겼고 저항은 없었다.

그녀의 작은 체구가 한 몸에 안겼다.

"연희야. 이제 너는 내 목숨이나 다름없다."

그녀가 제일 안전하다는 이유만으로 라이프 베슬을 맡긴 것이 아니다.

다이아몬드 반지를 끼워 준 것은 아니지만 그녀도 내가 그걸 맡긴 속마음을 눈치챘을 거라고 본다. 이후로 말을 삼간 이유는 그 때문이었다.

구태여 연인 같은 어떤 단어로 우리 사이를 규정짓고 싶지 않다.

"그래서?"

연희가 물었다.

"이젠 참지 않으려고 한다. 지금까지면 충분해."

그렇게 말하는 순간 해방감과 두려운 마음이 동시에 일었다.

"나도."

연희의 작고 붉은 입술이 점점 가까워지기 시작한 것은 그 대답 다음이었다.

우리는 서로가 서로를 많이도 참아 왔었다. 입술이 맞닿았을 때 그걸 진심으로 깨달았다.

입술의 접촉면.

거기에서 인 강렬하고 갑작스러운 감정이 그녀 쪽으로도 빠져나간 것이 틀림없었다. 라이프 베슬로 선택했던 순간 이상으로 말이다.

우리의 키스는 부드럽고 감미롭지 않았다. 일순간 교환한 우리의 눈빛은 언제나 그렇듯 전투적 열의로 범벅되어져 있었다.

혓바닥은 그간 베어 물어 왔던 피비린내를 물씬 품고 있었고 타액은 뜨거웠다.

그래서 강렬했다.

하지만 연희의 애완물이 나를 질투하는 게 틀림없었다.

그것이 어떻게든 우리 사이를 파고들기 위해 발버둥 치는 모습이 연희에게는 퍽 귀여워 보일지는 모르겠다만, 나는 아니었다.

북슬북슬한 털에 가려져 있을 뿐 그것을 들춰내면 바로 흉폭한 얼굴이 드러날 것이다.

실제로 그것의 얼굴 털들이 우리 사이에서 짓눌리자 날카로운 송곳니가 달빛을 받아 번뜩였다.

걷어차 버리고 싶은 충동이 머리끝까지 치밀어 올랐다.

연희가 깔깔 웃음을 터트리며 크시포스를 안아 들었다.

"이 아이도 구울 냄새를 맡았나 봐."

구울 집단 몇 개가 이쪽으로 다가오는 중인 것은 맞지만 매우 먼 거리에서다.

"그럼 그쪽으로 보내 버리면 되겠군. 어서."

"그렇지 않아도."

연희는 크시포스를 달래듯 털을 쓰다듬더니 앞으로 살짝 던졌다. 크시포스는 땅에 착지한 대로 어둠의 황무지를 향해 달려 나갔다.

이제 정말로 방해꾼은 사라졌다. 연희는 다시 내게 안겨 왔다.

오랫동안 사랑에 굶주린 사람이 누구인지 그 순간에는 알 수가 없었다.

머리칼을 뒤로 젖히며 키스를 해 오는 연희인지, 그런 그녀의 몸을 강하게 껴안아 더 밀착시키고 있는 나인지.

라이프 베슬을 계기로 분출해 버린 우리는 인드라의 칼날에 직격된 것 같았다. 전율이 부르르 떨려 왔다.

그때 달빛은 그녀의 부드러운 목덜미 살결 위에서 미끄러지고 있었다.

어느새 숀의 일행이 남겨 둔 야영지 위였다. 굳은 핏물이 들로 더럽혀진 거기지만 몸을 눕힐 만한 장소가 만들어진 유일한 공간이었다.

연희가 잠깐 입맞춤을 멈추고 내 손을 잡아끈 곳이 바로 거기였다.

　나를 끌어당기면서 짓는 그녀의 미소에서 고혹을 느꼈다. 그 미소에 가득 차 있는 조바심이, 내 심장을 한 번 더 채찍질하고 있는 것이었다.

　그녀도 나도 숨소리가 더 거칠어졌다. 별개로 움직이는 생물인 것처럼 가쁘게 뛰어 대는 심장 또한 마찬가지로 고조를 높여 댔다.

　그녀를 바닥에 눕히고 내려다보는데, 그녀가 고개를 끄덕였다.

　깊은 신뢰. 결국 드러내 버린 흥분. 그리고 숨 가쁜 열기가 마구잡이로 뒤섞인……

　"네 옆에 있어도 되는 거지? 정말 그런 거지?"

　나를 애타게 기다려 온 여인의 얼굴이었다. 그런데 그녀의 눈동자에 비친 내 얼굴 역시 그녀와 조금도 다르지 않았다.

　그때야말로 일말의 두려운 마음을 완전히 놓을 수 있었다.

　나는 핏물로 더럽혀져 있던 상의를 벗어젖혔다.

　연희도 경쟁적으로 옷을 벗기 시작했다.

　그와 동시에 우리는 주변에 방해가 되는 것들도 발로 밀어 댔다.

　구울들의 잘린 팔다리들이 치워지고 났을 때, 우리는 실오라기 하나 걸치지 않는 전라가 되어 있었다.

그녀를 끌어안았다.

지금까지의 그 어느 순간보다 더 강하게.

내 목덜미를 감싸는 그녀의 손길에서도 난폭한 힘이 실려 있었다.

＊　　　＊　　　＊

피임은 필요 없었다.

만일 임신이 불가능한 세상이 아니었다면 우리는 중도에 멈췄을 것이다.

시스템은 그런 것까지도 강제해 놓았다. 아기가 태어나서는 안 되는 세상이라, 시스템의 해 온 짓거리들 중에서 몇 안 되는 잘한 구석이었다.

연희의 잠자던 처녀성이 눈을 뜬 시간들이 끝난 시각.

또한 우리들의 애욕이 휘몰아쳤던 그 자리는 엉망이었다. 누군가 보면 연희의 애완물이 난동을 피웠다고 생각할 만큼, 땅이 파인 곳들이 많았다.

그때 비로소 우리의 키스는 감미롭게 변해 있었다. 연희를 쥐어짜듯 끌어당겼던 손으로는 그녀의 머리칼을 쓸어내리고 있었다.

그녀 또한 한 번씩 입술을 떼며 나와 눈을 마주치는 걸
즐겨 했다.

그녀가 웃을 때마다 콧등에 잡히는 주름들이 사랑스럽
다. 이 시간을 좀 더 만끽하고 싶었지만, 연희가 먼저 깨고
나왔다.

이번에도 미소를 달고 나온 질문이었지만, 슬픈 빛이 끼
어들어 있었다.

"라이프 베슬을 인계할 순 없지?"

"그걸 생각하고 있었어? 언제부터?"

연희는 소리 없이 웃어 보이고는 계속 말했다.

"네가 짊어진 짐들이 너무 많아. 왜 너만 모든 걸 떠안아
야 돼? 시스템은 너를 어디까지 희생시키려는 거야. 라이
프 베슬은 계속 부활시켜 줄 테니까 두려워하지 말고 싸우
라는 거야. 시스템도 칠마제 군단과 하등 다를 바 없어."

연희는 과감히 말을 이었다.

"그러니까 만에 하나. 우리가 시스템에게 버려졌을 경우
도 염두에 둬야 돼. 지금에야 널 이용할 수밖에 없는 처지
지만 전쟁이 끝나고 나면 항상 그래 왔어. 우리 인류의 역
사에서도."

"라이프 베슬만큼은 멋대로 할 수 없을 거다. 거기까지
도달하는 길을 열어 주긴 했지만, 엄밀히 말하자면 외부에

서 온 권능이니까."

"시스템에서 악의적인 부분들이 사라졌다는 건 알아. 그래도 믿을 수 없어."

미지(未知)는 두려움을 일으키기 마련이다.

과연 우리 인류를 지키기 위해서인지, 시스템 아니 올드원 자신을 보호하기 위해서인지.

장막 뒤에서 우리 각성자들을 병졸로만 부리고 있는 시스템이라고 해도 예외는 아니다.

연희는 그걸 말하고 있었다.

"하지만 거기까지 염두에 두기에는 전세가 심상치 않다."

"알아."

"지켜봐야 알겠지만."

나는 연희의 부드러운 살결에서 손을 떼고 몸을 일으켰다.

연희도 벗어 뒀던 옷가지들을 찾아 주위를 두리번거렸다.

정신없이 벗어서 아무렇게나 던져 버렸었기 때문에, 그것들은 구울들의 팔다리와 함께 질서 없이 흩어져 있었다.

"지켜봐야 알겠지만 최종장이 머지않은 것 같다. 어쩌면 바로 다음 장일지도."

"……?"

"우리 차원의 시공이 멈춰 있다고 해서 칠마제 군단의 공격까지 중단된 게 아니다. 그것들도 그것들 나름대로 멈춘 시공을 꿰뚫기 위해 분주한 중이지. 확인된 의례만도 두 개였다. 마루카 일족에서 하나, 바클란 군단에서 하나. 너도 기억할 거야. 바클란 군단의 본토에서 봤던 그 의례를."

연희가 고개를 끄덕였다.

"시스템의 힘은 무한하지 않다. 자신이 원하는 만큼 시공을 멈출 수 없다는 거지. 시스템은 그 안에 이 전쟁의 종지부를 찍으려 할 거다. 나는 시스템이 3막이라 예정된 전투들을 진행시킬 힘을 상실했다고 본다. 2막을 늘여서 5장까지 진행시켜 온 힘 그대로."

"3막이 진행되지 않는다고?"

"그럴 가능성이 높다. 나를 봉인에서 푸는 데 시간과 힘을 많이 허비했어."

"……마루카 일족에게도 그런 의례를 확인했었다고 했지?"

"그래."

"역시, 오르까를 끌고 다니는 게 낫겠어. 내 생각은 그런데 너는?"

연희의 고개가 던전이 봉인되어져 있는 방향으로 돌아갔다.

"필요하다면 족쇄를 채워서라도."

"필요해."

정확히는 오르까가 아니라 오르까로 접속할 수 있는 방대한 기억 창고를 일컫는 것이다.

어쨌든 오르까는 우리가 떠난 다음, 영영 돌아오지 않을 거라 생각했던 것 같다. 자신을 던전에서 데리고만 나가 준다면 모든 걸 다하겠다는 태도였다.

쉴 새 없이 조잘대는 마루카 일족의 언어가 갑자기 멈췄다.

연희의 두 눈이 검게 물든 직후였다. 오르까는 진즉에 연희를 경계하고 있었지만, 소용이 없었다.

연희가 오르까에게 정신을 집중하는 시간이 전보다 길어지고 있었다.

한참이 지난 후.

연희의 두 눈이 정상으로 돌아왔다.

오르까는 거의 울부짖다시피 우리에게 애걸하기 시작했다.

그러나 연희는 오르까에게서 전해져 올 절망적인 감정 따위는 얼마든지 차단시킬 수 있다는 듯, 그쪽을 대번에 무시하며 말했다.

"침략군을 정비하고 있었어. 대규모로."

우리 차원의 시공이 뚫리기까지 시간이 많이 남지 않았다는 명백한 증거다.

결국 이렇게 되는 건가. 시작의 장은 길어야 다음 장으로 끝난다.

3막에 예정되어 있던 히든 보상들이 아쉬운 게 아니다. 어차피 그것들은 이 전쟁의 군수품으로 이용될 것이었으니까.

다만 다음 장의 난이도가 가늠되지 않았다. 시간이 촉박하고, 3막에 예정되어 있던 전투들을 진행시키지 못하게 된 만큼 그 이상으로 각성자들을 벼랑 끝까지 내몰 공산이 컸다.

시스템은 한 번에 전세를 역전시킬 수 있는 방법을 시도하려 할 거다.

그리고 아마도 그것은 칠마제와의 직접적인 대면이 아닐까?

시스템으로서는 외통수에 몰렸다.

"솔직하게 말하지. 다음 장. 칠마제 같은 존재들을 대적하게 될 때는 내게서 떨어져 있어야 한다. 칠마제 앞에선 나 자신 외에는 전부 짐이 될 뿐이야. 그게 너라도. 연희야."

"이젠 간절히 부탁해도 들어줄 수 없어. 난 반드시 살아 있어야 할 이유가 생겼으니까. 고독한 싸움이 될 거야."

"고독할 리가. 죽어도 다시 만날 수 있는 사람이 있는데. 잊지 마라. 네가 살아 있는 한, 난 죽어도 죽은 게 아닌 몸이다."

"그래도 라이프 베슬이 발동하는 일은 최대한 막아야 돼. 그러니까 선후야."

연희의 눈빛이 하소연하듯 했다.

"그래. 레벨을 맞춰 줘야겠지. 여기 녀석들에게는 우리가 개입하는 일이 없을 거라고 엄포를 놓았긴 하다만, 결국엔 우리가 다 하게 생겼군."

나는 오르까를 돌아보며 말했다.

"오르까…… 살다 살다 몬스터를 펫으로 부리게 되는군. 따라와라."

아니나 다를까. 그 말 즉시 눈물을 글썽거리는 걸 보면, 오르까는 우리말을 꽤 많이 알아듣는 것이 맞았다. 다시 생각해도 해괴한 조합이다. 몬스터 둘에 인간 커플 하나라니.

"서두르자. 선후야."

그때 맞잡은 연희의 손이 깍지를 껴 왔다. 손가락 사이사이마다 그녀와 나의 것이 교차되었다. 그러며 살포시 쥐어진 주먹은 다신 놓치고 싶지 않은 것이었다.

Chapter 6.

　사람으로 태어났으면 무수히 경험해 본들 익숙해지지 않는 것이 있다.

　바로 고통.

　참을 수는 있어도 고통 자체를 차단시킬 수는 없다는 것이다.

　그 말은 온갖 고통을 감내해 온 이가 늘 해 오던 말이었기에 더욱 신빙성이 있었다.

　악취도 고통 중에 하나다. 축축하고 썩은 냄새는 시큼하기까지 했다. 성일은 목구멍이 뒤집히는 느낌에 자신의 입을 틀어막았다.

그는 간신히 참았지만, 뒤에서 누군가 속을 게워 내는 소리가 들렸다. 그에 결국 성일도 뿜어내고 말았다. 이렇게 될 줄 알고 어제저녁부터 섭취한 것이라곤 물뿐이었다.

성일은 입에 맴도는 달달하고 시큼한 맛들을 한데 모아 뱉어 냈다.

퉤!

"더럽게 고약하구만. 네크로맨서는 똥 싸는 기계인가, 똥을 한 무대기로 썩혀 놔도 이보다는 심하지 않을 거여. 글지 않수?"

그러면서 성일은 끝까지 속을 게워 내지 않은 이태한을 대단하다는 눈빛으로 바라보았다.

"맞습니다."

꿈틀거리는 미간에는 힘들어하는 기색이 역력하지만, 그게 다였다. 그만이 악취를 버텨 낸 유일한 사내였다.

그때도 통로 바깥으로 이어진 지상에서는 전투 소리가 한창이었다.

이태한은 성일에게서 같이 진입해 온 각성자들에로 고개를 돌렸다.

"이러고 있는 사이에도 우리 형제들이 죽어 가고 있다. 그들의 희생을 발판 삼고 있다는 걸 명심해라. 우리에게 내일은 없다."

"옛!"

"옛!"

이태한이 각성자들 사이를 누비다가 한 여자 곁에서 발걸음을 멈췄다.

프리야.

그녀는 몇 안 되는 정신계 중에 하나로 중요한 자원이었다.

특히나 네크로맨서의 아지트로 추정되는 여기, 특유의 위험한 함정들이 깔려 있을 여기에서는 그 어느 때보다도 그녀의 역할이 중요했다.

그녀가 바빠지기 시작한 건 모두가 악취 속으로 걸음을 옮긴 이후부터였다.

함정 하나를 미처 발견하지 못하고 건드린 대가는 혹독했다.

구울들은 아이템과 스킬을 쓰지 못하기라도 하지, 정신이 건드려져 버린 각성자들은 갖은 수단을 다 써 동료들을 공격하기 시작했다.

최정예들로만 편성해 왔기 때문에 한 명 한 명이 강자들인 게 문제였다.

결국 성일은 아껴 오던 공대원의 머리를 제 손으로 박살내야 했다. 구울로 다시 마주할 일이 없게 완전히 짓이겨 놓았다.

콰직—!

꿈틀거리는 대가리가 으깬 토마토처럼 터져 버리는 순간, 성일의 얼굴도 일그러졌다. 그간의 전장에서 녀석과 빚어 왔던 추억들에도 잔혹한 핏물이 번졌다.

2막 2장부터 5장까지 함께해 온 반 십 년의 시간이 쓰잘데기 없어지는 건 한순간이었다. 녀석이 보여 왔던 투쟁들도 모두.

하지만 그때도 성일의 발은 담뱃불을 비벼 끄듯 계속 움직이고 있었다.

사태가 정리되었을 때 이태한은 결과를 확인하기에 분주해졌다. 그동안 성일은 힘들어하는 정신계 여자를 응시하기 시작했다.

2막 3장에서 제 그룹의 리더로 합류한 여자다.

그러다 2막 4장부터, 아마도 오딘이 죽었다고 판단해서였는지 협회 지도부에 깊숙이 침투하는 데 서슴없던 여자였다.

제 이익에 계산이 능하고 상대의 호감을 사는 데 어려워하지 않으며 부하들을 윽박지르는 데는 첼린저급 이상의 힘을 보인다.

그런 그녀가 위험한 까닭은 정신계이기 때문이다.

마리 누님의 발끝에도 미치지 못하는 능력으로도 협회

지도층들의 마음을 단번에 휘어잡았다.

특히 2막 3장에서 합류한 각 그룹의 리더와 그들의 사람들을 위주로 말이다.

"하실 말씀이라도?"

여자가 성일을 향해 말을 던졌다.

어설프지만 확실한 한국어였다. 성일은 그것도 마음에 들지 않았다.

협회의 핵심 지도부가 사용하는 언어가 한국어라는 것을 알게 되자마자, 한국인 각성자를 옆에 두고 한국어 습득에 몰두했던 것도.

단기간 안에 대화가 통할 만한 수준으로 머리가 비상한 것도.

"그것밖에 못 혀? 이래서는 널 합류시킨 의미가 없는디. 몇이나 살렸다고 죽을 상이여."

"당신은 정신계가 아니라서 제가 받을 고통을 이해 못 해요."

"말은 잘하지."

"제가 못한 게 대체 뭐죠? 왜 나를 대수롭지 않게 여기는 거죠? 전 그런 취급을 받을 만큼 약하지 않아요. 그 반대죠."

　　　　　*　　　*　　　*

　프리야는 따지고 있는 게 아니었다. 진심으로 이해할 수
가 없어서 묻는 거였다.

　최고로 강력한 강자, 한국계 각성자 권성일. 협회장 이태
한도 함부로 대하지 못하는 남자.

　그는 자신이 협회에 가지는 영향력을 경계하고는 있지
만, 정작 자신의 절대적인 능력에 대해서는 깔보는 성향이
강했다.

　그게 이상했다.

　시간이 흘렀어도 그 정도가 심해지면 심해졌지 나아지는
법이 없었다.

　"당연한 거 아녀? 그짝 능력이 심각할 정도로 조잡하니
까."

　또 시비를 걸어오고 있었다. 프리야는 그냥 넘길 수 없었
다.

　협회 최고의 전력들이 다 지켜보고 있는 앞에서 약한 모
습을 보이는 건 자멸 행위다. 장은 이번으로 끝나지 않을
것이다.

　설사 다음 장에서 시작의 장 전체가 거짓말처럼 끝나 버
린다 할지라도, 돌아가고 난 후에 다시 시작되는 진짜 무대

가 있다.

각성자들이 귀환한 신(新)세계가…….

프리야는 바로 맞받아쳤다.

"당신 눈에 뭐가 차겠어요. 하지만 위대한 오딘이시라면 저를 다르게 평가했을 거예요. 제 능력을 알아봐 주셨겠죠."

프리야의 예상대로였다. 언제나 그런 식이었다.

저 무식한 한국 남자에게 한 방 먹여 주는 거라곤 그리 어려운 일도 아니었다.

협회의 주 세력들 사이에서 전설로 추앙되고 있는 남자. 구원자 오딘.

그 이름을 언급하면 권성일은 살기 등등한 눈알을 부라리며 입을 다물어 버린다. 그리고 그때마다 전해져 온 권성일의 살의는 진짜라서, 프리야는 이 정도로 만족해 왔었다.

다만 오딘의 이름이 언급되면 금방 적막이 내려앉기 마련이다.

부상자들이 신음을 참고 있는 소리만 끅끅 나올 뿐, 다른 잡소리들은 일순간 사그라들었다. 많은 시선들이 프리야에게 쏠렸다.

그중에서도 가장 강렬한 시선들은 아무래도 협회의 지도부였다.

한국계 협회장 이태한을 필두로 김지애, 김지훈.

덴마크계 엔젤라, 군나르손.

미국계 메이슨, 이데마, 체니, 에리크.

일본계 테츠야.

오딘이라는 이름 한 번에 그들 강력한 각성자들의 끈적끈적한 감정들이 밀려 들어왔다.

'오딘이 위대한 자였다는 건 인정해. 하지만 왜 다들 현실을 받아들이지 못하는 거지? 그는 오래전에 죽었잖아.'

악취보다 더 짙은.

죽은 망령의 그림자가 협회 최정상부에 똬리를 틀고 앉아 아직도 그들을 지배하고 있는 것이었다.

물론 프리야는 진심을 내뱉을 수도 화제를 돌려 분위기를 환기할 생각도 없었다.

악에 받쳤지만, 행동으로 옮기지는 못한 채 그저 노려보는 게 다인 권성일의 반응을 즐겼다. 그러다 그와 자신을 쳐다보고 있는 사람들에게 고개를 숙여 보였다. 차분한 얼굴로.

다시 움직였다.

가는 길목마다 오래전에 실종된 이들이 구울로 나타났다.

그때마다 프리야의 머릿속에는 이런 생각이 아주 쉽게 떠올랐다.

'오딘이 구울로 나타나면? 협회가 받을 충격은 고사하고, 그 강력함을…… 감당할 수나 있을까?'

세간에 알려진 오딘은 칠마제를 연상시키는 존재였다.

네크로맨서와 마주치는 것보다, 그런 자가 구울로 나타날지도 모르는 상황이야말로 최악일 수 있었다.

그러나 최고의 기회가 될 수도 있었다. 정신 지배가 통하기만 한다면.

산 오딘이든 죽은 오딘이든. 알게 뭔가.

*　　　*　　　*

굴은 깊숙이 들어갈수록 축축한 죽음의 악취를 진동시켰다.

어쩐지 지금까지 전사한 자들, 그들이 구울이 못 되도록 터트려 버린 두개골 속의 악취 또한 등 뒤로 달라붙는 듯했다.

시간 감각이 없어질 무렵. 생존자들은 드디어 인영(人影) 하나를 포착했다.

네크로맨서였다. 로브로 전신이 가려져 있었지만, 후드 바깥으로 세 가닥 헛바닥이 날름거렸다. 생존자들은 바빠졌다.

이태한은 작성해 온 지도를 앞에 두고 일사불란하게 지시를 내렸다.

생존자들끼리 공격대를 다시 결성해서, 출구로 빠져나가는 길목마다 배치시켰다. 쥐새끼를 몰듯 압박해 들어갔다.

그렇게 최종적으로 마주하게 된 밀실은 네크로맨서의 연구실 중 하나로 보였다. 처음에는 그것의 연구 실적들이 얼룩처럼 보였다.

하지만 시야가 선명해지자, 그 전부가 각성자들의 해체된 신체 및 장기란 걸 깨달을 수 있었다. 아직 해체되지 않은 시체들은 거꾸로 늘어져 있어 나름 깨끗한 모양새였다.

다만 그것들 전부는 해체 여부와는 상관없이 꿈틀거리고 있었다.

근육이 뒤로 말려서 척추를 훤히 드러낸 시체는 추에 걸린 채로 팔을 휘젓고도 있었다.

끔찍한 광경이지만 생존자들의 표정에는 큰 변화가 없었다.

그들은 하나같이 개안과 감각을 최고조로 끌어올린 시선으로 도살의 현장을 들쑤시고 있었다. 그러다 추적을 담당하고 있는 한 명이 성일에게 천장을 쪽을 가리켜 보였다.

성일의 아가리가 쩍 벌어졌다.

"거기였냐아아아—!"

성일에게서 터져 나온 음파(音波)가 천장 한구석에 부딪혔다.

음파의 소용돌이 형상을 육안으로도 확인할 수 있을 만큼, 강력한 힘이 실려 있었다. 천장 전체가 한참 동안 진동하던 끝에.

검은 형상이 흙먼지 속에서 서 있었다. 파충류 같은 딱딱한 피부가 벗겨진 후드 밖으로 드러나 있었다. 세로로 찢어진 동공은 생존자들을 훑어보되 어쩐지 웃음이 걸려 있었다.

그때 바닥에서 흙더미가 확 치솟더니 구울들이 뛰어나오는 것이었다.

얼굴이 알아볼 수 없게 부패되어 있어도 분명했다.

최소 다이아 구간의 시체들로 만들어진 구울들이 분명하게도, 벗겨진 피부 속 근육들이 굉장히 팽창되어 있었다.

그때 일행들이 들어왔던 입구는 검은 기운이 빠르게 채워 나갔다.

"느그가 갇힌 건지, 우리가 갇힌 건지. 어디 계산해 보자고잉."

막상 그렇게 내뱉고는 있었지만.

사방에 들어찬 고등급 구울들이나 네크로맨서의 전신에

서 퍼지고 있는 음산한 기운들을 체감하며, 성일은 깨닫고야 말았다.

또 누군가 죽어 나가겠구나, 하고 말이다. 혹 이번에는 자신이?

등골을 타고 흐르는 식은땀이 경고를 해 오지만, 이번에도 자신이 오딘의 빈자리를 채울 때였다.

'오딘만 있었더라면 저런 것쯤은…… 오늘따라 더 그립구만.'

성일의 포지션은 언제나 그렇듯 제일 앞이었다.

*   *   *

역시나 고통은 익숙해지려야 익숙해질 수 없는 것이다.

오딘의 가르침은 틀린 적이 없었다. 성일은 정신이 든 이후부터 내내 그 생각뿐이었다. 지하 흙더미에 파묻혀 보이는 게 없었기 때문에라도, 잡념들만 머릿속에서 요동쳐 댔다.

그나마 막바지에 띄운 첼린저 박스의 빛에 회복 효과가 깃들어 있기에 망정이었다. 그때 썩어 들어가던 심장에 자극을 받았다.

참으로 질긴 목숨이다. 성일이 구조된 건 그로부터 며칠 후였다.

눈에 낀 흙들을 치워 내고 나자 먼저 구조된 사람들이 보였다.

다행히 오딘의 사촌 누님과 협회장 이태한은 살아 있었다.

그러나 시체들이 가지런히 눕혀져 있는 곳에 엔젤라, 이데마, 에리크 등 군단장급 인사들의 시체가 상당했다.

성일은 다음 차례로 구조된 녀석을 향해 뇌까렸다. 김지훈이었다.

"니도 참 질기네잉."

"형님만 하겠습니까. 크으윽…… 이걸로 이번 장은 끝난 거겠죠?"

그때 성일은 생존자들 틈 속에서 프리야를 발견하고는 얼굴을 굳혔다.

'콱 죽어 버리지. 쓰벌년.'

직접 손을 쓰기에는 협회장 이태한이 해 온 노력들을 물거품으로 만드는 일이었다. 성일은 누구보다 잘 알고 있었다.

난이도가 부쩍 올라간 2막 2장 하반기부터 지금까지. 합류된 세력들을 협회의 이름하에 두기 위해 그가 어떤 노력들을 해 왔었는지.

그중에서도 프리야는 이태한이 많은 공을 들이고 있는 계집이었다.

그러던 문득 성일의 두 눈이 부릅떠졌다. 각성자들을 죽음으로 내몰지 못해 안달 난 것이 또 어김없이 나타난 것이다.

악의적인 부분이 사라졌다고 해도, 그것이 내놓은 퀘스트들은 여전히 많은 목숨들을 앗아 가곤 했다. 과연 인도관을 바라보는 모두의 시선은 곱지 않았다.

[여러분들의 희생과 의지는 가히 놀라웠어요. 마지막
이에요. 그러니 지금의 마음가짐 그대로 최종장에 돌입
하시는 거예요. 다음 장을 끝으로 고대하던 집으로 돌아
갈 수 있으십니다. 제가 다 눈물이 나네요. (ㅜㅡㅜ) 제
눈물을 오해하진 마세요. 제가 자그마치, 최종장의 인도
관으로 최종 승격했기 때문이 아니랍니다.]

그러나 누구 하나 기뻐하는 기색 없이, 제 시선에 떠오르는 메시지에만 집중하고 있었다.

환호 따윈 거기에 있을 수가 없었다.

[최종장에선 여덟 개 진영의 모든 각성자들이 한 무
대에서……]

성일은 먼발치의 프리야를 노려보며 생각했다.

'……마리 누님께서 합류하신단 말이지?'

＊　　　＊　　　＊

마루카 일족의 상위 계층인 원종(原種)들과 그 후대들은
생물학적으로 다르게 구분 지어질 수 있다.

원종들은 육지에서 살았던 때의 형질을 간직하고 있는
반면에, 오르까 같은 후대들은 심해로 들어온 이후에 탄생
된 족속들로 그에 적합하게 진화되어 왔기 때문이었다.

그래도 마루카 일족의 원종과 후대에는 같은 피가 흐른다.

하지만 바르바 군단은 아니다. 극소수의 파충류 인간들
이 지배 계급이고 쥐새끼 인간들이 피지배층이다. 완전히
다른 종이다.

두 종 간의 격차가 좁혀지지 않는 데에는, 파충류 인간들
의 위험한 힘이 큰 역할을 했다. 그것들은 죽음을 다룰 줄
알았다.

죽은 것들을 다시 소생시켜 제 병사로 부리는 것쯤은 많
고 많은 능력 중에 하나였던 것이다.

얼마나 오래된 종들이고 어떤 미지(未知)의 영역까지 도
달했는지는 추정할 수 없겠다만.

분명한 것은.

이것들 한 개체가 2막 5장까지 도달한 수만 명의 각성자들을 쥐락펴락하는 데 어려워하지 않았다는 것이다.

네크로맨서.

많은 비밀을 알고 있으며 다루고 있는 것들.

그 때문이었을 거다.

우리를 보자마자 경악을 금치 못한 까닭은 크시포스 군드락의 왕과 마루카 일족의 귀족이 펫으로 부려지고 있는 상황 때문만이 아니었다.

그건 놈이 목도한 것에 비하면 의아할 여지가 없는 것이었다.

[네크로맨서를 처치 하였습니다.]

[레벨 업 하였습니다.]

[첼린저 박스를 획득 하였습니다.]

[레벨 : 551]

[둠 맨의 탄생 (1) : 551 /561]

죽어서도 경악이 지워지지 않은 두 눈이 여전히 뭔가를 쫓고 있었는데, 연희도 그걸 바라보며 같은 느낌을 받았던 것 같았다.

"보관함을 꿰뚫어 봤어. 그리고 내가 무엇인지도 알고 있었어. 재밌네."

놈은 연희에게서는 라이프 베슬을, 내 보관함 속에서는 해골 용을 봤던 것이다.

놈이 죽자 구울들도 응당 죽은 자가 갖고 있었어야 할 상태로 돌아갔다. 그때 연희가 지배권을 빼앗아 왔던 구울 하나도 무너져 내렸다.

녀석이 보였던 움직임으로 보건대, 마스터 구간에 진입한 녀석이었다.

내가 녀석을 보는 시간이 길어지고 있자 연희가 말했다.

"아는 자야?"

"긴가민가하군."

"봤을지도 몰라. 레볼루치온에서 조슈아와 함께했었다니까."

"갈색 코……."

"갈색 코? 무슨 별명이 그래."

"상사의 엉덩이에 코를 박을 만큼, 아첨에 능하다고 해서 갈색 코였다. 오랜만이군."

"그랬어? 하지만 여기선 아니었어. 여기 무대의 2막 2장을 통합시켰던 자야. 레볼루치온(42). 지금까지 이어지고 있는 길드도 이 남자가 가져온 거거든. 이자의 추종자들이 아레스라는 신의 이름으로 불러도 그럭저럭 고개가 끄덕여졌던 건, 그래서였어."

연희는 녀석의 손가락 하나를 뜯어내며 마저 말했다.

"이거야. 이자를 진짜 아레스로 만들어 주었던 반지."

[아레스의 강화 반지 (아이템)

아이템 등급: S

아이템 레벨: 524

효과: 스킬 '아레스의 보병'과 결합 시, 아레스의 보병을 '아레스의 전차대'로 강화 가능

물리 방어력 : 15500 / 15500

마법 방어력 : 10000 / 10000]

"아레스의 전차대는 강한 소환물이었어. 스킬 숙련도가 높았다면 더 도움이 됐겠지만, 숙련도를 높이는 게 마음대로 되는 게 아니잖아?"

연희는 반지가 끼어 있는 손가락을 내밀며 아쉽다는 듯이 말했다.

본 시대에서도 그랬을 것이다.

끝까지 살아남기만 했다면 팔악팔선 휘하에서 네임드로

군림할 수 있었던 자들이 당시에도 빛을 보지 못하고 죽어 나갔다.

지금은 얼마나 더 죽어 나가고 있을까? 지금까지 얼마나 살아남았을까?

＊　　　＊　　　＊

시스템에서 이번 장에 마침표를 찍어 주는 시간이 미뤄지고 있는 걸 보면, 다른 무대들이 늦어지고 있는 것 같았다.

그러던 며칠 후의 밤이었다.

추정대로라면 다음 장이 바로 최종장이 될 수도 있었다.

그래서 우리는 지금의 공백을 소중히 여길 수밖에 없었다.

그날 밤에도 부랑자들의 접근을 막기 위해 오르까를 세워 놓고, 연희와 떨어지지 않으려는 크시포스는 일찌감치 재워 두었다.

그렇게 우리는 달빛을 위에 됐다. 키스를 나누고 있었다. 연희의 목을 감싼 손바닥으로는 그녀의 목숨을 영위하는 맥박이 툭툭거리며 부딪쳐 왔다. 그 감각이 좋았다.

깊은 신뢰가 깃들어 있는 연희의 눈동자를 들여다볼 때마다, 진정한 내 사람을 가지게 되었다는 느낌도 충만하니 좋았다.

하지만 그때도 계속 걸리는 게 있었다.

시스템을 수정해서 각성자들의 기본 능력치를 향상시켜 주었다. 악의(惡意)에 의한 분쟁을 최소화시켜 주었다.

그러나 상위 무대가 날아가 버린 것 하며, 봉인 기간 동안에 급격해진 피해들은 또 어떤가.

공지가 뜨기 전까지는 그것이 가늠되지 않는 것이었다.

과연 본 시대보다 전황을 더욱 나쁘게 만든 것은 아닌지.

"딴생각하고 있지?"

어쩌면 모든 여자는 정신계인 게 아닐까.

아니면 키스 때마다 나와 눈 마주치는 걸 즐겨 하는 연희였기에, 내 눈에서 뭔가를 읽어 냈는지도 모른다. 그녀가 정신계라서가 아니라.

연희가 나를 잡아끌었다. 나는 웃으면서 저항하지 않았다.

그녀가 자세를 바꿔 배 위로 올라탔을 때, 더욱 난폭해진 키스가 휘몰아칠 거라 생각했다.

하지만 연희는 나를 내려다보기만 할 뿐 이어지는 게 없었다.

한참 뒤에서야 그녀의 입술이 열렸다.

"욕심이 나기 시작했어."

"뭐가."

"바깥을 좋게 만들 거야. 아이를 가지는 걸 고민하지 않아도 될 만큼."

"……."

"그래서 무섭고 후회되는 게 많아. 하지만 계속 생각해 봐도 그래. 시간을 돌려서 처음부터 시작할 수 있다고 해도, 지금까지 해 왔던 것과 크게 달라질 것 같지 않아. 여긴 미친 세상이잖아. 살기 위해, 남들보다 위에 서기 위해 혈안이 된 자들뿐이니까. 그것들을 통제할 방법은 그리 많지 않아. 방치해 뒀다간 더 큰 피해만 불러일으킬 게 뻔하고."

연희의 눈빛은 단호했다.

그러나 두 눈 깊은 곳에서부터 꿈틀대고 있던 살의는 더는 없었다.

"선후야. 여차하면 말해. 짜증 나게 머리를 콕콕 찔러 대는 생각이 있으면 뽑아내 줄 수 있어."

"그게 과연 가능할까? 많이 컸네. 그러다 머리 박살 난다? 우연희."

"그거야."

"그거라니?"

"우연희라고 불러 줄 때. 넌 더 근사해."

나는 웃어 버리고 말았다.

"이리 와. 우연희."

그제야 연희에게서 안심하는 눈치가 있었다. 그녀는 어둠의 천사처럼 내 가슴 위로 쓰러졌다.

그녀의 능숙하지 못한, 의욕만 앞선 키스는 그래서 사랑스러웠다.

그녀가 자신도 모르는 사이에 엉덩이를 틀고 허리를 꼬고 있을 때였다. 메시지가 그녀의 얼굴을 가리며 나타났다.

　[(┳﹏┳) 여러분들과의 인연은 오늘로 마지막이네요. 최종장을 앞두고서 열악한 성적이라니, 하지만 탓하지 않겠어요. 여러분들의 희생과 의지는 가히 놀라웠어요.]

드디어 이번 장에 마침표가 찍히고 있었다.

　[다음 장에서도 분발해 주시리라 믿습니다. 그래야 할 거예요. 다음 장이야말로, 여러분들께서 고대하고 고대해 왔었던 끝이니까요. 최후의 전투가 여러분들을 기다리고 있습니다.]

"정말 다음이 끝이었어."

연희도 그것이 반길 일이 아니란 걸 모르지 않았다. 심각한 표정과 함께 내 배에서 내려왔다.

우리는 성적표를 기다리는 학생처럼 최종장의 인도관으로 승격되지 못했다는 하소연을 참고 기다렸다. 그러고 나서였다.

최종 여덟 개 진영의 현황을 알리는 창이 큼지막하게 떴다.

[1진영: 레볼루치온 (12) — 92,991 명

2진영: 세계 각성자 협회 (1) — 74,555 명

3진영: 투모로우 (21) — 73,002 명

4진영: 레볼루치온 (30) — 69,800 명

5진영: 투모로우 (19) — 54,252 명

6진영: 조나단 투자 금융 그룹 — 43,901 명

7진영: 레볼루치온 (28) — 42,824 명

8진영: 레볼루치온 (42) — 39,665 명]

"세계 각성자 협회와 조나단 투자 금융 그룹이 있어."

연희는 내가 그 이름들을 얼마나 기다려 왔는지 알고 있다는 듯, 그 이름들부터 읊었다.

하지만 세계 각성자 협회(1)이 과연 조슈아의 생존을 뜻하는 것인지는 여전히 미지수다.

솔직히 조슈아가 치렀던 무대가 상위 무대로 찍혔었다면, 거기서 살아남았을 거라고는 조금도 생각되지 않았다.

그다음으로 숫자들이 보였다.

최종 합계.

49만 990명.

1막 1장에서 4500만 명이 시작해서 최종장 직전까지 그 것만 살아남은 것이었다.

아직 최후의 전투가 남아 있는 데도 생존율이 약 1%.

각성자들의 수준이 높아져 있다는 걸 감안해도 이건 정말 이지…… 연장된 2막의 난이도가 그렇게나 처절했단 말인가.

날 봉인에서 풀어낼 힘을 충전할 때까지 일으켰던 온갖 퀘스트들도 그렇지만.

빌어먹을 네크로맨서. 빌어먹을 구울. 과거에는 등장하 지 않았던 빌어먹을 그 죽은 자들이 산 자들을 어지간히도 갉아 먹은 것이 틀림없었다.

연희가 말했다.

"저기에 반영되지 않은 게 있어. 내 목숨이 붙어 있는 한 저건 그저 숫자일 뿐이야."

"그래. 넌 나의 라이프 베슬이다. 네게 내 삶이 담겨 있 지."

"성급하긴! 그 말은 아껴 뒀어야지."

"……뭐든지 간에 아끼지 말자. 한 치 앞도 모르는 게 내 일이다."

진심이다.

모든 게 변했다. 전쟁의 구도도 전황도, 그리고 맞서야 하는 적 또한.

사지를 짓눌렀던 그 거대한 시선들을 떠올리면 라이프 베슬로도 안심이 들지 않는 게 사실이었다.

* * *

황금의 제국을 세웠던 남자가 있다.

인류 역사를 통틀어 옛 황제들이 누렸던 실질적 금력(金力)을 현 물정에 맞게 계산한다 쳐도, 그가 고금 제일의 부를 쌓아 올렸을 거라는 데에는 이견이 없었던 남자였다.

하지만 너무나 오래된 이야기였다. 그의 기적적인 행보들도 시작의 날의 영웅 중 하나로 꼽혔던 이야기들도 모두.

바깥 시절의 그를 연상시킬 수 있는 건, 고작해야 길드명 하나밖에 없었다.

황금 대신 해골로 쌓아 올린 왕좌에 그가 앉아 있었다. 그에게 불복했던 경쟁자들의 해골이 대다수였고, 온전한 건 그렇게 많지 않았다.

두개골이 깨지고 골격이 떨어져 나간 자리마다 불에 그을린 흔적들이 다분했다.

한편 남자의 심복 중 올리비아는 행동이 빠른 여자였다.

올리비아는 지금까지 해 왔던 대로 네크로맨서의 수급을 찾아내 그의 왕좌에 결착시켰다.

네크로맨서가 불러일으켰던 공포는 이제 남자의 것이 되었다.

올리비아는 그것만으로는 부족하다 느꼈다. 더 큰 공포가 마련되어 있어야 한다. 무대들이 합쳐질 때마다 있어 왔던 일.

특히 기존의 사전 각성자들 집단, 레볼루치온과 투모로우들은 출발선부터가 달랐다. 강하고 노련한 자들이다.

가뜩이나 최종장에 이르러, 그것들의 공격이 얼마나 집요할지는 겪어 보지 않아도 아는 일이었다.

다만.

"보이기로는 전부 협회 내 조직들입니다. 하지만 그들 간의 연합은 쉽지 않을 것입니다."

많은 시간이 흘렀기 때문이다. 오래된 약속은 퇴색되기 마련이고 그 사이에서 갈등이 빈번해졌던 걸, 한두 번 봐 왔던 게 아니다.

초창기 이름만 유지되어 올 뿐, 정작 각 그룹의 리더는 협회와는 상관없는 자일 수도 있었다.

그때였다.

"올리비아."

올리비아의 눈이 빠르게 깜박거려졌다. 자신의 진짜 이름이 불린 게 언제인지 까마득했다.

"그동안 수고 많았다. 여기까지 올 수 있었던 건 네 공이 크다."

"별…… 별말씀을……."

올리비아는 눈물 같은 건 오래전에 다 말라 버렸다고 생각했었다. 하지만 아니었다. 남자에게서 치하의 말을 듣는 순간 눈앞이 흐려져 버리고 마는 것이었다.

그런데 더욱 충격적인 건 남자의 얼굴에 번져 있는 은연한 미소였다.

자신도 몰랐던 눈물이 남아 있었던 것처럼, 그도 웃을 줄 아는 거였다.

하지만 저의를 알 수 없는 미소였다. 다 타 버린 재 같이 힘없는 미소 같아 보이기도 했는데, 눈에 머금어진 집념을 보면 또 아니었다.

올리비아는 거기서 더 충격적인 일은 없을 거라고 생각했다.

그러나 갑자기 남자가 그의 해골 왕좌를 부수고, 네크로맨서의 수급을 불태워 버리는 등. 공포로 쌓아 올린 본인의 성을 스스로 파괴하는 모습에서 그녀는 큰 충격을 받았다.

겁이 덜컥 났다.

미쳐 버리고 만 게 아닐까? 혹 마지막을 앞두고 포기해 버린 건 아닐까?

나머지 진영 전체가 협회 조직이라고 해서? 그러나 올리비아가 보아 온 남자는 바깥에서도 그렇고 여기에서도 그렇고 지배자의 DNA를 타고난 남자였다.

고작 그런 이유로 다 놓아 버릴 분이 아니란 말이다.

"이제 이런 건 다 필요 없다."

남자는 해골들을 박살 내며 중얼거리듯 말했다.

"그가 올 거다. 영접할 준비를 갖춰라."

"그, 그라니요?"

"오딘. 그는 네 주인이기도 하다."

*　　　*　　　*

'언제 오시는 겁니까.'

이태한은 생각에 잠겼다.

그분의 심복, 권성일이 터줏대감처럼 버티고 있기는 하다.

하지만 권성일이 위엄을 떨치는 건 전장에서뿐.

협회 내 정치 싸움에 힘들어하는 기색이 역력할뿐더러,

무력도 그걸 상쇄할 만큼 절대적이지 못했다.

제일 강한 남자면서도 정치적 공격이 그에게 집중되고 있는 것은 결국 그가 자초한 일이었다.

권성일은 인정에 휘둘리는 모습을 보여 왔다.

냉철하지 못한 판단들로 분쟁을 도리어 키워 버리는 일도 있어 왔다.

권성일은 약점이 많은 인사. 그렇다. 권성일은 그분처럼 구심점이 될 수 없었다.

그분의 과거 업적들로 붙들고 있기는 하다만 사실 협회는 뒤집어진 퍼즐 판처럼 조각날 수 있었다.

그분의 죽음에 대한 이야기들이 은밀히 돌고 있기도 하고.

협회의 영향력이 바깥까지도 이어질 거란 걸 다들 모르지 않는지라, 권좌를 도모하려는 움직임이 꾸준히 있어 왔었다.

그나마 다행인 건 지금이 최종장에 1진영으로 진입한 순간이란 거였다.

'이제 와서 분열되어 봤자 위험할 뿐이지.'

이태한은 내부에서 외부로 생각을 옮겼다. 거기서도 같았다.

[1진영: 레볼루치온 (12) — 92,991 명

2진영: 세계 각성자 협회 (1) — 74,555 명

3진영: 투모로우 (21) — 73,002 명

4진영: 레볼루치온 (30) — 69,800 명

5진영: 투모로우 (19) — 54,252 명

6진영: 조나단 투자 금융 그룹 — 43,901 명

7진영: 레볼루치온 (28) — 42,824 명

8진영: 레볼루치온 (42) — 39,665 명]

모든 진영이 구(舊) 협회, 그분에게서 시작됐다. 조나단 투자 금융 그룹 또한 그분의 터전.

그러나 이태한은 여전히 불안했다. 그분 없이는 단지 혈통만 같은 것이다.

본시 같은 혈통들 간의 싸움이 더 치열한 법이지 않은 가?

오래전. 이태한 본인도 진짜 칼을 겨누지 않았을 뿐, 그 보다 더 날카로운 서류들로 제 누이의 팔다리를 베어 버린 경험이 있었다.

그러니까 이 모든 걸 탄생시킨 아버지.

구원자 오딘이 복귀하지 않으신다면 골육상잔의 참극은 예정된 상황이었다.

필시 몬스터 군단들과의 전쟁 이전에 내전(內戰)을 치르게 될 것이다.

이태한의 생각이 깊어지고 있던 때.

"동상. 아직도 죽상인 거여?"

천막 안으로 체구 큰 중년인이 들어왔다. 성일이었다. 이태한은 성일의 짜증 섞인 얼굴을 올려다보았다.

'사태의 심각성을 모르는군. 또 무슨 불평불만을 늘어놓으려고.'

"전비는 갖춰 놓았습니까?"

"시킨 대로 하긴 했지만 그게 더 프리야…… 고 쓰벌년에게 힘을 실어 주는 짓이여. 엿 같은 소문들을 퍼트리고 다니는 게 고년들이라니까. 걸리기만 하믄 진짜 확 그냥."

"권성일 씨. 못마땅해도 참고 넘어가시죠."

"사석이나 공석이나. 그짝이 그렇게 선을 그어 대니까 고것들이 우리 사이를 허투루 보잖어. 어떻게든 틈을 비집고 혓바닥 나불거리려 바쁘지. 괜히 검은 눈깔 굴려 대는 건가."

"언제는 안 그래 왔습니까."

"이해는 하는디, 화딱지나 뒤져 버릴 것 같아서 하는 소리여."

"저도 구원자께서 살아 돌아오실 거라 믿습니다. 하지만 그것과는 별개로 백번 준비해 놓아도 부족한 때입니다. 우리끼리 얼굴 붉히지 맙시다."

"내 말이. 고년들도 '우리'라는 게 더 엿 같은 거여."

성일은 이태한의 앞자리에 마주 보고 앉았다. 그러고는 말했다.

"됐고. 서둘러야 않겠어? 길드명부터 구리고 만만한 거 있잖어. 조나단 투자 금융 그룹. 다른 진영들에서도 고것부터 노리려 들 거여."

"……."

"고걸 시작으로 하나씩 먹어 들어가자고. 동상. 오딘께 선물 드려야지. 내 말 믿지? 오딘은 돌아오신다. 반드시."

"그렇지 않아도 제가 직접 가려 했습니다."

"동상이 자릴 비우면 여긴 어짜고. 나대기 좋아하는 년 있잖으. 사람 홀리는 게 고년 재주라는디, 어디 한번 잘해 보라지."

이태한은 쓴웃음을 머금었다.

그게 성일의 한계였다.

만일 프리야 군단장이 6진영 조나단 투자 금융 그룹의 리더를 포섭하는 데 성공하면 그녀에게는 더 큰 힘이 쏠리게 될 것이다.

이태한은 심사숙고 끝에 프리야를 불렀다. 어쨌거나 최

종장을 앞에 두고 최대한 평화적인 방법으로 무대를 통일해야 한다.

그러나 자신을 제외하고 나면?

최종장까지 독자적으로 올라온 그룹의 리더를 상대로, 그녀만 한 적임자가 없었다.

*　　　*　　　*

무대가 막 합쳐진 준비 기간들은 언제고 날이 서 있기 마련이었다. 사소한 시비도 그룹 간의 전면전으로 치달을 수 있었다.

그래서 프리야는 그녀의 부군단장과 단둘이서만 떠났다.

"옛 생각 나게 만드는군요. 조나단 투자 금융 그룹이라니."

부군단장이 말했다.

프리야는 그에게서 다양한 감정을 느꼈다. 원한도 있고 동경도 있고 회한도 있었다.

다만 너무 오래된 이름인 만큼, 그 감정이 그렇게 진하지는 않았다.

"나는 조나단 그룹과 직접적인 접촉은 없었다."

"미국에 계셨을 때였겠군요."

"그들의 계좌를 사용했었다는 것 정도가 다였다.
SOB(Sun of Bank)."

"조나단 투자 금융 그룹은 탐욕스럽고 무도덕한 집단입
니다."

"시작의 날에 보여 준 모습은 달랐지. 그들이 아니고서
는 누구도 못 할 일이었고, 할 수 있다고 해도 어지간한 도
덕 관념으로는 가능한 일이 아니었으니까."

"그래서 조나단 헌터를 시작의 날의 영웅이라 합니다만
제 생각은 다릅니다. 프리야 님. 그들의 탐욕을 잊으셔서는
안 됩니다. 돌아갈 날이 머지않았습니다."

"좋아. 옛날이야기를 하기엔 시기가 나쁘지 않다. 계속
해 봐."

곧 최종장이다. 최종장이 끝나고 나면 그 옛날로 돌아간
다. 돌아가서 적응하기 위해서라도 조금씩 준비해 둬야 할
때였다.

"조나단 그룹이 출혈을 감수하고 세계 경제를 지키기 위
해 안간힘을 썼던 것은, 그 정도로 지켜야 할 게 많았기 때
문이었습니다."

"세계의 부를 질리언 그룹과 양분하고 있다는 것을 말하
는 거라면. 솔직히 따분해. 새로운 걸 말해 봐. 나도 모를
만한 사실들을."

"그들이 미 달러의 발행권을 가지고 있다는 것은 어떻습니까?"

미 달러를 발행하는 주체가 미국이 아니라 소수의 가문들이라는 건 유명한 이야기였다.

"조나단 그룹이 그렇게 역사 깊은 회사가 아닌 걸로 아는데?"

"08년 서브 프라임 사태 이후. 로트실트 및 기타 가문들의 미 중앙은행 지분이 그들에게로 넘어갔습니다. 극비에 부쳐진 일이라 대중들에게는 알려지지 않았습니다."

"조나단 그룹의 영향력이 질리언 그룹을 압도하겠군. 이미 조나단 그룹의 이름을 쓰고 있는 자들이 최종장에 진입한 것만 봐도, 그들은 우리와 함께 신세계의 주역이 될 자격이 있지. 6진영의 리더는 조나단 투자 금융 그룹의 최고 이사 중 하나일 것이다."

"제 생각도 같습니다. 저와 면식이 있는 자일 수도 있지요."

"어쨌든 그들이 미 달러의 발행권을 차지했다고 해서 탐욕 덩어리라고 할 순 없다. 자본주의하에서 그 일은 꿈에도 그리던 왕좌를 차지한 일이니."

"그 때문이 아닙니다. 국제자연기금이라고 아십니까?"

"말해 봐."

"개발도상국들의 환경 보호를 위해 만들어진 기금이라는 게 대외적으로 알려진 부분입니다. 하지만 그것이야말로, 조나단 그룹의 탐욕성을 절실히 드러내고 있습니다. 환경 보호라는 취지하에 개발도상국들의 토지를 갈취해 왔습니다. 조나단 투자 금융 그룹이 전 세계 육지 면적의 35% 이상을 차지하고 있다는 걸 어떻게 생각하십니까. 거기에는 모국의 토지도 있습니다."

"잘 아네. 관계자였던 모양인데, 너는 그걸 반대했었고?"

프리야는 부군단장이 모국 인도의 정부 부처에서 일했던 사실을 떠올렸다. 그녀와 같은 브라만 계급 출신의 고위 공직자였던 사실도.

"생명의 위협을 달고 살았던 시절이었습니다."

"조나단 그룹 대단하네. 나가면 조나단 헌터를 죽여. 그럼 어느 정도는 해결되겠지."

"그들의 자본력에 넘어가지 않을 각성자가 몇이나 되겠습니까. 바깥은 결국 돈으로 돌아가는 세상입니다. 그게 조나단 그룹이 만들어 낸 탐욕의 결실입니다. 자신들이 세운 질서를 지켜 냈지요. 6진영을 구축한 것을 제외하고도……."

"너는 그게 문제다. 농담을 농담으로 받아들이질 못해."

"죄송합니다."

이후로도 프리야와 부군단장은 옛이야기들을 간간이 나누며 계속 이동했다.

그러던 며칠 후.

프리야는 6진영, 조나단 투자 금융 그룹의 영토에 들어섰다.

수도로 이용되고 있는 거주 지역 부근에서였다. 프리야는 도무지 시선을 거둘 수 없는, 경악스러운 파티를 목도했다.

아시안 커플에 키가 멀대같이 큰 사람 한 명.

그렇게 셋으로 이루어진 파티였다. 처음에는 아시안 여성이 안고 있는 크시포스 졸개에 눈길이 갔었다. 그런데 키가 큰 사람의 정체가…….

네크로맨서의 로브로 모습을 감추고 있던 까닭이 있었다.

그자는 사람이 아니었다. 지금껏 다른 이들의 눈은 속여 왔을지 몰라도, 자신의 감응 능력까지 피할 수 없는 것이었다.

진하지는 않지만 몬스터에게서만 느낄 수 있는 원시적인 흉폭성이 있었다.

프리야는 감각을 최고조로 끌어올렸다.

로브 후드를 채우고 있는 어둠을 꿰뚫어 봤을 때.

비로소 턱에 수염처럼 매달려 있는 촉수들이 로브 가슴 안쪽으로 늘어트려져 있는 걸 발견하고야 말았다.

턱주가리 촉수. 이족 보행. 마루카 일족의 귀족이 아닌가?

"왜 그러십니까."

"돌아다니지 말아야 할 것이 돌아다니고 있다."

부군단장은 프리야를 따라 시선을 멀리 가져갔다.

"마루카 일족이!"

"아시안 여자는 크시포스 졸개를 안고 있기까지 하지. 길들인 건가?"

"탈 것으로 취급되지 않는 이상에는 불가능합니다."

"그래서 하는 말이야. 그건 그렇고 마루카 귀족을 저대로 놔둘 순 없다."

"진정하십시오. 어떻게 저런 게 가능한지는 모르겠습니다만, 분명한 건 6진영에서 처리해야 할 일이란 겁니다. 저희 둘만으로는 위험합니다."

"마루카 귀족이 부랑자 둘과 동행하고 있다. 교류를 하고 있다는 거다. 사고를 유연하게 가져 봐. 저게 무엇을 말하고 있는지."

이채가 떠오른 프리야의 두 눈이 반질거렸다.

탓—!

그녀는 부군단장이 말릴 틈도 없이 달려 나갔다.

인간과 교류하고 있는 보스급 몬스터는 처음이었다. 게다가 가까이 접근해도 다짜고짜 공격해 올 일은 없다고 판단되었기 때문이었다.

원시적인 흉폭성이 왜 그렇게 진하지 않았나 했더니, 몬스터에게서는 느낄 수 없는 온순한 감정이 이를 짓누르고 있었던 것이다.

실로 믿기지 않게도 사회화가 진행된 몬스터가 있다니. 그것도 보스급 몬스터가!

횡재였다.

그 이면에 깔린 비밀을 들춰낼 수만 있다면 첼린저 박스에서도 내놓지 못하는 힘을 얻는 것이나 다를 바가 없었다.

프리야는 아시안 커플에게 접근하면서 대화를 염두에 두고 있지 않았다. 대화보다 그들의 기억을 들여다보는 게 확실했다.

마루카 귀족과 어떻게 동행하게 되었는지.

물론 이는 엄연한 공격 행위지만 마루카 귀족과 동행하고 있는 아시안 파티는 별 볼 일이 없는 자들이었다. 운이 좋았다. 설사 마루카 귀족이 돌발 행동을 보여도 도망칠 자신이 있었다.

거기까지가 프리야의 처음 계획이었다.

　　　　　*　　　　*　　　　*

　하지만 목전까지 거리를 좁혔을 때였다. 프리야는 아시안 여자가 안고 있는 크시포스 졸개에서 심상치 않은 느낌을 받았다.

　자연스럽게 그 졸개와 눈이 마주친 순간.

　흡!

　프리야는 들여다보고야 말았다. 그건 그녀가 의도한 일이 아니었다.

　겪어 왔던 모든 몬스터를 통틀어 가장 공포스러운 감정을 전해 왔던 것은 직전의 네크로맨서였다.

　그러나 고작해야 크시포스 졸개 따위에서 전해져 온 감정이 그 이상이었다. 그렇게 블랙홀에 빨려 들어가듯 그 안으로 던져진 것이었다.

　'안 돼…….'

　기억을 들여다본다는 건 대상의 1인칭 시점으로 진행된다.

　그래서 사실 기억을 들여다본다는 표현보다는, 대상의 눈으로 그 기억이 품고 있는 당시를 관찰한다는 표현이 정확했다.

　크시포스 졸개의 단편 기억 하나는 거대한 얼음 성채를 배경으로 시작됐다.

주위는 그야말로 얼음뿐인 대지였다. 이상한 건 모든 사물들이 작았다는 점이다. 살짝 발을 들었다가 놓기만 해도, 깔려 죽을 만큼 거기에 군집해 있는 생명체들도 작았다.

곧 깨달았다. 그것들이 작은 게 아니었다. 기억의 주체가 보통 이상으로 거대한 것이었다.

굽어 내려 본 아래에서 오는 것이라곤 겁먹은 시선들뿐이다. 크시포스 군단의 모든 생명체들이 떨고 있었다. 그리고 기억의 주체는 그것을 아주 자연스럽게 받아들이며, 얼어붙어 있는 거목들을 밀쳐 나갔다.

한 걸음 한 걸음마다.

쿵쿵!

프리아는 견딜 수가 없었다. 기억의 주체가 품고 있는 포악한 감정은 언제라도 폭발하여 세상을 찢어 댈 준비가 되어 있었다. 기억을 들여다보는 것인데 감정까지 전해져 온다?

그 정도가 어찌나 파괴적으로 끝까지 치달아 있었는지, 프리아는 결국 한계에 도달했다. 뇌리에서 뭔가가 뚝 끊기는 느낌과 함께 육체적인 고통까지도 바로 부딪쳐 오는 것이었다.

"으악!"

평상시와 달랐다. 몬스터와 감응이 끝났다면 그 폭력적

인 감정을 전투에서도 활용할 수 있을 만큼 달고 나오는 게 있어야 했다.

하지만 아무것도 없이 공백이었다. 프리야는 온몸이 떨렸다.

"너, 정신계군."

프리야는 그렇게 말하는 아시안 남자에게로 고개를 돌렸다.

그녀도 익히 아는 한국어였다. 그건 아무래도 좋았다. 하지만 자신이 정신계임을 알아보고도 태연해? 이것들의 정체는 대체 뭐란 말인가.

프리야는 마루카 귀족은 물론 크시포스가 있는 쪽으로도 고개를 돌릴 수 없었다.

그래서 순간적으로 그녀가 집중한 것은 아시안 남자의 두 눈이었다.

＊　　　＊　　　＊

원래는 마루카 귀족과 관련된 기억을 쫓아야 했다. 그런데 이번에도 무슨 까닭에서인지 마음대로 되지 않았다. 프리야는 남자의 수많은 단편 기억 중 하나로 흘러 들어가 버렸다.

"자자. 지방 방송 꺼 줄래?"

어느 교실 안이었다.

전체적으로 들뜬 분위기였다. 기억의 주체는 창가 쪽, 제일 뒷자리에 앉아 있는 것 같았다.

그런데 교단에 서 있는 여선생의 얼굴이 낯익었다. 그럴 수밖에 없게도 바로 직전에 본 얼굴이었다. 공포스러운 크시포스를 껴안고 있던 아시안 여자. 체구가 작은 것도 같았다.

추정해 보자면 기억의 주체인 아시안 남자는 학생 신분이었고 여자는 선생이었다. 아시안 커플은 바깥 시절에 이미 인연이 있었던 사제 관계였던 것이다.

"계속 떠들면 반 배정된 거 안 알려 준다?"

아시안 여자가 교단 위에서 종이 하나를 흔들고 있었다.

그러자 한국의 어린 학생들이 금세 조용해졌다. 그때 아시안 여자는 만족스러운 미소를 지으며 기억의 주체와 시선을 마주쳐 왔다.

아시안 여자가 교단에서 내려온 건 그 직후였다. 동시에 교실 내 한국 학생들이 이쪽을 향해 몸을 돌리는 것이었다.

화악!

틀에 찍어 붙여 놓은 것처럼 모두가 무표정인 얼굴이었다.

그래서 사람 같이 보이지 않는 얼굴들이다.

표정도 기이했지만, 더 기이한 건 그들의 움직임이었다.

미동조차 없었다. 눈 하나 깜박거리는 것 없이 이쪽을 쳐
다보는데 그대로 시간이 정지되어 버린 듯한 광경이다.

소리도 없었다.

그러던 문득.

"큭. 큭큭…… 환장하겠군."

기억의 주체가 흘리는 웃음소리만이 퍼지기 시작했다.

시선은 이쪽을 향해 걸어오는 아시안 여자에게 맺혀 있
었다.

교단 위에서와는 달리, 아시안 여자의 얼굴에는 미소가
사라져 있었다. 무표정보다 더한 살의로 응어리져 있었다.

그 눈빛만으로도 목이 날아가 버릴 듯한데, 기억의 주체
는 여전히 웃음만을 흘리고 있었다. 무슨 기억이 이따위란
말인가. 이게 현실에서 이뤄질 수 있는 일이란 말인가.

뭔가 잘못됐음을 확신했을 때 아시안 여자가 바로 앞에
서 멈춰 섰다.

살의는 직전, 크시포스에게서 느낄 수 있었던 것보다 강렬했다.

아시안 여자가 이쪽을 내려다보며 뇌까렸다.

"어디서 죽을래?"

그녀의 목소리가 요동쳤다.

Chapter 7.

여기서 빠져나가야 해!
프리야는 깨달았다.

"묻고 있잖아. 여기야, 바깥이야?"

그 목소리는 비단 여자의 입에서만 나오는 게 아니었다.
자신을 쳐다보고 있는 모든 학생들의 입에서 다양한 목소리로 나오고 있었다. 하지만 정확하게 겹쳐진 목소리들이라 기괴한 느낌이 다분했다. 공포스러운 악몽으로 가득 찬 공간이다. 여긴!

프리야는 빠져나오기 위해 안간힘을 다했다.

'으윽.'

그러나 아시안 여자의 시선이 자신을 붙잡고 놔주질 않았다.

갇혀 버린 것이었다. 돌아가는 상황이 머리로는 이해가 되지만 마음으로는 아니었다. 어떻게 이런 일이 일어날 수 있단 말인가.

기억의 주체가 한 마디 뇌까렸다.

"기다려. 내 진영 쪽에서 온 것 같다. 확인 가능하지?"

그렇게 남자의 말이 흩어지던 순간이었다.

이쪽을 노려보는 아시안 여자의 눈동자가 새까매졌다.

그런 현상은 프리야 자신도 익히 알고 있는 바였다. 아니나 다를까, 아시안 여자도 정신계였던 것이다. 그것도 자신을 압도할 수 있을 정도로 강력한 정신계!

배경에 균열이 생겼다. 유리창 깨지듯 단번에 깨져 버렸다.

한국의 국기가 걸려 있던 벽이 가죽 천막으로.

나무 바닥은 오래된 핏물들을 머금은 땅으로.

한국의 어린 학생들의 얼굴은 구울의 것처럼 시든 근육

들을 떨어트렸다. 그러고는 이내 그 위로 새로운 얼굴을 드러냈다.

협회장 이태한과 권성일을 비롯해 협회 지도층 인사들의 얼굴.

순간에 변해 버린 장소는 떠나기 직전에 가졌던 회의 속이었다.

'역으로 내 기억에 들어왔어? 어떻게 이런 일이…… 이런 게 가능하다고?'

하지만 모든 게 멈춰 있다.

이 기억의 주인은 자신이지만 통제할 수 있는 게 하나도 없었다. 목소리는 나오지 않고, 시선은 진입된 그대로 협회장 이태한을 향해서만 고정돼 있는 것이다.

움직이고 있는 사람은 단 두 사람뿐이다. 당시에는 존재하지 않았던 아시안 남녀 둘뿐.

둘은 시간이 정지되어 버린 듯한 그 안을 돌아다녔다.

협회 지도층들의 얼굴을 하나씩 확인하는 거로 보였다.

여자가 말했다.

"이자가 리더인 것 같은데 누구야?"
"이태한."
"어쩐지 낯이 익어."

"바깥에서도 유명했던 자였으니까. 기억에 남아 있을지도."

"연예인? 아아…… 일성 그룹?"

"그래. 그자다."

"다행이지 않아? 성일이도 그렇고 전반적으로 무장 상태들이 좋아."

"괜한 우려였군."

"그렇다니까."

자신을 묶어 두고는 속 편하게 하는 소리들이었다.

하지만 거기에 항변하기에는 정신이 난도질당하는 느낌이 찌릿찌릿했다.

남자 쪽의 언행에는 크게 자극받는 게 없었다. 그러나 여자가 움직이거나 말을 할 때면 끔찍했다. 갈고리로 뇌리를 긁어 대는 듯한 고통이 일어 댔다.

하지만 그 고통을 표현할 길이 다 차단되어 있는 게 더 고통스러운 일이다.

짓눌려 있는 그대로 속으로만 으아아아악, 비명을 질러 댈 뿐.

가상의 공간에서도 자신은 다른 형상들처럼 멈춰 있는 채였다.

고문이었다.

정신계로 군림해 오면서 기존의 각성자들과는 다른 영역의 존재라 자부해 왔으나, 정작 자신의 정신세계 안에서 이런 지경에 이르렀다는 것이 믿기 어려웠다.

프리야의 비명 소리가 그녀 안에서만 맴돌았다.

"그럼 이년은 어떻게 할까? 네 진영에서 한자리 차지하고 있던 것 같은데."

아시안 여자의 시선이 프리야에게로 돌아섰다.

그때도 프리야는 속으로만 아우성쳐 대고 있는 중이었다.

정황상 떠오르는 이름은 하나였다.

죽었다고 생각했던 그 이름.

오딘!

그가 살아 있는 것이나, 여기에서 조우하게 된 일도, 그리고 악마적인 능력으로 자신을 압도하고 있는 아시안 여자도.

기존의 상식으로는 이해할 수 없는 일만 일어나고 있었다.

어찌 됐든 프리야는 준비가 되어 있었다. 이 구속이 풀린다면 아시안 커플에게 바로 무릎을 꿇고 목숨을 구걸할 준비가.

하지만 가능할까?

지금껏 들어온 오딘은 도전을 용납하지 않는 자였다. 또한 알고 했든, 알지 못하고 했든지 간에 도전의 빌미가 되는 것은 남겨 두지 않는 자였다.

사실 그게 맞는 일이었다. 하나하나 사정 봐주면서 다 눈감아 주다간, 결국엔 그러한 사건들이 맞물려 역풍으로 돌아오기 십상이니까. 인간은 그런 족속들이다.

그래서 자신도 화근은 결코 남겨 두는 일이 없지 않았던가.

'그래도 제발.'

이윽고 오딘으로 추정되는 남자가 제 앞에 섰다. 피곤이 찌든 이태한의 얼굴을 쳐다보던 시선이 자신에게로 돌려졌다.

"너, 이태한이 제법 공을 들여 왔던 것 같군."

그때 처음으로 프리야는 어쩌면 살 수 있을지도 모른다는 희망이 들었다.

그것도 잠깐. 남자의 서늘한 눈빛이 변함없는가 싶더니 남자와 여자가 몇 마디 주고받는 것이었다.

마침내 여자가 고개를 끄덕이기 시작했을 때, 그때 프리야는 그녀의 눈동자 속에서 교수대를 보고 말았다.

그건 환상이 아니었다.

배경이 또 바뀌기 시작했다.

'안 돼에에에…….'

스르르—

사람들은 먼지처럼 흩어져서 사라지고 그들이 있던 자리에는 어둠만이 채워졌다.

이윽고 프리야는 자신의 목에 걸려 있는 밧줄을 느꼈다. 아슬아슬하게 발판을 딛고 서 있는 와중에서도, 벌써 팽팽하게 당겨져 있는 밧줄이 숨통을 막고 있었다.

아시아 여자는 당장에라도 발판을 차 버릴 수 있는 자리에 서 있었다.

더 소름 끼치는 것은 발판을 차고 싶어 안달이 난 여자의 시선이었다.

그 목소리도.

"네 입으로 직접 말해 봐. 진실을."

숨통을 틀어막고 있던 밧줄이 살짝 풀렸다.

프리야는 뜨거운 숨을 확 내뱉으며 황급히 입술을 뗐다.

"정신 지배만 통한다면 산 오딘이든 죽은 오딘이든, 알 게 뭔가."

'어? 어?'

프리야는 두 눈부터 허둥댔다. 갈피를 잃고 순간에 흔들렸다.

언젠가 머릿속에만 담고 있던 생각이었지, 자신이 하려 했던 말은 그게 아니었다. 프리야가 변명을 하려던 그때였다.

남자가 고개를 끄덕이자 시작되어 버리는 것이었다. 밧줄이 목을 죄어 오는 동시에 여자가 발판을 차 버리는 광경이 눈앞에서 번뜩였다.

중심이 아래로 확 쏠렸다. 전신의 무게가 밧줄에 턱 걸렸다.

그러며 점점 멀어지는 소리 하나.

"건드릴 사람을 건드려야지."

아시안 여자의 분노 치민 목소리였다.

*   *   *

정신세계에서 빠져나왔을 때. 처음 들어온 광경은 계집의 눈동자가 위로 말려 가는 움직임이었다. 그러고는 힘없이 무너졌다.

"응? 아는 년이었어?"

연희가 내 시선을 따라오며 물었다.

"그럴지도."

목숨이 붙어 있다.

눈도 깜박거리고는 있으나 이지를 상실해 버린 눈이었다.

나는 그 눈을 바라보며 이런 생각이 들었다. 그래도 최종
장에 군단장으로 진입한 여자 정신계라면 이악일 가능성이
높지 않을까.

이악(二惡)은 원체 알려진 게 없었다. 이미 연희가 '이지
스의 시선'을 차지한 마당에 다시 출현할 가능성도 전무했
다.

다시 출현한다면 한 가지 경우밖에 없는 것이다. 연희가
죽은 이후에나 등장하는 것 말이다.

어쨌든 계집이 이악이라면, 팔악팔선 열여섯 중 다시 대
면하지 못한 인사는 이제 열이 남는다.

팔선 진영에서는 일선, 삼선, 오선, 육선 넷.

팔악 진영에서는 삼악, 사악, 오악, 육악, 칠악, 팔악 여
섯이다.

그것들 모두 하나로 이어진 이 땅 어딘가에 있는 것이다.

특히 일선과 육선의 경우, 주력인 스킬을 내게 선점당한
상황에서 어떤 모습으로 나타날지가 궁금하다. 과연 많은
변화가 있었던 지금에까지 살아 있기는 한 것인지.

애초에 2막 1장 당시. 상위 무대로 찍힌 곳에 속해 있거나 지휘하고 있었다면 그것들도 함께 증발되었겠지만.

그때 연희의 시선이 반대편으로 돌아갔다.

"저쪽에 꼬리가 달려 있어. 알고 있지?"

계집의 동행인은 멀리서 사태만 주시하고 있었다. 특별한 움직임은 보이지 않았다.

감각을 조금 더 끌어올리자.

쏴아악—

마치 빠르게 질주하는 듯한 속도감과 함께 녀석의 얼굴이 큼지막하게 눈에 들어왔다. 녀석도 나를 바로 앞에서 마주하고 있는 느낌을 받고 있는지, 신중하게 계산하고 있는 눈빛이었다.

녀석의 시선이 우리 뒤쪽으로 이동하기 시작했다.

녀석이 몸을 돌려 버린 그때는, 한 무리의 각성자들이 빠르게 접근해 오고 있던 때였다.

"Chida?"

옆. 검은 후드 안에서 오르까의 목소리가 흘러나왔다. 계집이 연희의 공격에 뇌사나 다름없는 지경이 되어 버리기 직전의 사건 때문이었다.

오르까뿐만 아니라 크시포스의 본능 또한 건드린 것 같았다.

오르까가 딛고 선 주변이 습기를 머금기 시작했다. 질척거리는 오염 정도가 급속도로 확산되며 기포들이 툭툭 터져 올랐다.

한편 크시포스도 연희의 품을 박차고 나갈 준비가 되어 있었다.

"조나단이 없을 수도 있어."

우려와 결단이 선 목소리였다.

연희의 무대에서는 그랬다. 레볼루치온이라는 이름을 달고 있기는 했지만, 정작 현 리더는 레볼루치온과는 관계가 없는 인사였다.

6진영, 조나단 투자 금융 그룹도 그런 상황일 경우엔 바로 점거하겠다는 뜻이었다.

이미 끌어올려진 감각이 다가오고 있는 공격대장의 모습을 확 잡아당겼다.

이마를 덮고 있는 억센 머리카락이 바람에 휘날리고 있어서 그녀의 얼굴이 제대로 보였다. 얼굴뿐만이 아니다.

연희와는 반대로 길쭉길쭉한 골격에 글래머러스한 모습도 기억과 일치했다.

당시의 네임드들이 다 그랬듯, 이름 대신 진이라는 코드명으로 알려졌던 여자.

오악(五惡).

그녀를 떠올리는 순간.

그녀보다도 언제나 그녀의 앞을 가로막고 있던 강력한 소환물부터 생각나는 것이었다. 조나단의 생사가 걱정됐다.

타닷!

오악을 향해 달려 나갔다. 가만히 서 있어도 좁혀질 거리라지만 기다리기가 힘들었다.

오악이 본 시대와 마찬가지로 강력한 소환물을 얻었을지언정, 나는 그것과 함께 오악의 목을 쳐 내 버릴 준비가 끝나 있었다.

가까워진 오악의 면전에 대고 이를 갈았다.

"조나단 헌터…… 살아 있어야 할 거다."

오악에게서 대답이 나오는 그 잠깐의 시간이 참 길게 느껴졌다.

"저는 올리비아라고 합니다. 오딘이시지요?"

본 시대에서는 볼 수 없었던 공손한 태도였다.

그렇다고 대답한 순간 오악에게서 후광이 비치는가 싶었다.

"주인님께서 기다리고 계십니다. 새로우신 주인님."

그렇지 아니한가. 누구의 친우인데, 오악에게 당했을 리가.

바로 그때였다.

날다시피 빠르게 거리를 좁혀 오는 또 하나의 기척이 있었다.

화르르륵!

화염으로 휘감아 도는 선풍을 동반하고 있는 사내였다.

서로를 육안으로 확인할 수 있는 거리에서였다.

『썬…… 오래 기다렸다』

그가 동반하고 있는 화염만큼 뜨거운 전음이었다.

내 가슴 속 깊은 구석까지 뜨겁게 채워 들어오는 것을 보면.

*　　*　　*

조나단은 굉장한 무게감을 달고 왔다.

시작의 장 이전과는 물론, 본 시대와 비교해도 달라져 있었다.

전성기를 조금 지난 사자 같은 풍모였다. 지배에 익숙해진.

그의 입가에 머금어진 희미한 미소에서 우리가 함께하지 못했던 세월들이 체감됐다. 나를 바라보는 그의 두 눈이 추억을 쫓고 있었기 때문에 더 그렇게 보였을지도 모른다.

어디까지나 내게 향하는 얼굴에서만 그랬다.

제 사람들에게 명령을 내릴 때의 표정은 냉혹했다.

거기에서 나와 비슷한 냄새가 났다. 본 시대의 고독한 야수가 지금에 이르러서는 공포의 군주로 군림하고 있던 것이다.

『조나단. 마지막이 돼서야 만나게 되는군. 살아 있어 줘서 고맙다.』

『긴 시간이었지.』

조나단의 시선이 내 어깨 너머로 넘어갔다. 그는 연희에게도 눈인사를 건넸다.

둘은 첫눈에 서로를 알아보는 것 같았다.

지금의 연희가 과거의 연희가 아니듯이 조나단도 마찬가지로.

시작의 장은 둘 사이에 공감할 수 있는 이야기가 많은 공간이었다.

조나단의 시선이 다시 내게로 돌려졌다. 과묵했지만 눈빛만큼은 수다스러웠다. 안다 알아. 내게도 들려줄 이야기가 많겠지.

한편 주변이 술렁거렸다.

왜인가 했더니 오르까 때문이었다.

마스터 구간에 진입하지 않았다면 오르까의 위장, 네크로맨서의 그 로브 안을 꿰뚫어 볼 수 없는 게 사실이다.

실제로 조나단 그리고 오악과 그녀를 보좌하고 있는 사내 외에는 오르까의 정체를 눈치채지 못한 듯했다. 그러나 오르까 주변으로 오염된 습지가 녀석이 보통 인물이 아니라는 것을 시사하고 있었다.

다들 경험이 많은 자들 아닌가.

툭툭 터지고 있는 저 기포 안에서, 언제라도 마루카 일족의 사생아들이 태어날 수 있다는 걸 알고 있는 것이다.

"주인님?"

오악이 다소 긴장된 목소리로 조나단을 불렀다.

조나단 역시 해후의 감정을 깨고 나왔다. 그는 사냥꾼의 눈빛을 띠기 시작했다.

공략 여부를 가늠하는 눈초리였다.

『네 일행처럼 다뤄지는 것으로 보이는데, 아닌가?』

『일행이 아니다. 펫이지.』

『마루카 귀족이?』

조나단은 나와 오르까를 쳐다보더니 소리 없이 웃었다.

『특전? 마리의 공능?』

『둘 다 아니야.』

『그럼?』

『두들겨 패서 굴종시켰다.』

『……여기에 진입한 후에도 한참이 지나서야 깨닫게 되었지. 썬, 너와 마리가 얼마나 대단한 존재였는지 말이다.』

*　　*　　*

우리들에게 천대를 받아서 그렇지 오르까는 엄연히 마루카 일족의 귀족이다.

최소 마스터 구간의 각성자를 리더로 한 정규 공대가 전력을 다해야만 맞설 수 있는 몬스터.

첼린저 구간의 각성자일지라도 능력이 충만치 않은 초입이라면, 단 일인만으로는 힘에 부친 것이 바로 오르까인 것이다.

그런 것이 인간의 영토 안에 버젓이 들어와 있다. 충분히 소란스러울 만했다.

하지만 곧 조용해졌다. 조나단이 천막을 걷으며 들어올 때, 바깥에서 이쪽을 흘깃 쳐다보는 오르까의 얼굴도 잠깐 나타났다가 사라졌다.

조나단이 안고 온 철함에서 꺼내 보인 것은 위스키 한 병이었다.

탁!

조나단이 위스키를 탁상에 내려놓았다. 이 진영의 사람들이 오르까를 본 것처럼, 연희와 나는 그것을 그렇게 바라보았다.

연희가 먼저 말했다.

『조나단. 당신이 첼린저에 진입한 것보다도 놀라운 일이야. 바깥 것이 아직도 남아 있어?』

『오늘이 올 거란 걸 믿어 의심치 않았다. 덕분에 횡재했잖아.』

『다른 방향으로 섬뜩한 구석이 있구나?』

『누가 할 소릴.』

그렇게 말하면서도 정작 둘의 표정에는 좋은 기분이 서려 있었다.

그때도 위스키가 또다시 내 시선을 잡아끌었다.

해진 상표가 유독 그랬다.

남아 있는 부분들은 거멓게 굳어진 핏물들로 더럽혀져 있다.

구태여 한 병에 3만 달러를 호가하는 최고급 위스키라서가 아니다. 조나단이 무슨 의미로 이것을 간직해 왔는지 알 것 같았다.

본 시대에서 내가 품에 끼고 다녔던 아버지의 통장처럼 조나단에게는 이것이 그의 부적이었던 것이다.

왜 아니겠는가.

시작의 장을 꾸준히 준비하고 A급 아이템들로 풀세팅하고서 들어왔을지라도. 누구나 그렇듯 조나단도 매 순간이 투쟁의 연속이었을 것이다.

얼굴이 너무나도 잘 알려져 있었기에 특히.

조나단 투자 금융 그룹에 원한을 가진 자들이나 그렇지 않은 자들도, 그를 다양한 방법으로 시험해 왔을 것이다.

『드디어 까게 되는군.』

조나단이 위스키를 개봉했다.

이 세계의 곡주에서는 나올 수 없는 향이 금방 터져 나왔다.

『레이디 퍼스트.』

다음 차례가 나고 그다음이 조나단인 순으로 술이 한 바퀴 돌았다. 의도하지 않은 바였지만 레벨 순서대로였다. 연희 559레벨, 나 551레벨, 조나단 482레벨.

그렇게 위스키가 몇 바퀴 더 돌았다. 진행된 이야기가 꽤 있었다.

조나단이 연희에게 말했다.

『그럼 너는 2회차에 도전하지 않은 거로군.』

『했다면 이 자리에 없었을 수도 있었어. 개자식들이 어지간히 많아야지.』

『그 계집도 그중에 하나인가? 완전히 병신으로 만들어 뒀던데.』

프리야를 말하는 거였다.

『뭐 하려고 수습했어? 객사하게 내버려 두지. 걘 쓸모없는 년이야.』

"훗."

조나단은 육성으로 짧은 웃음을 뱉었다. 그러고는 연희를 물끄러미 바라보는 시선과 함께 제 머리를 쓸어 올렸다.

『마리. 너를 처음 봤을 때가 생각나 버렸다. 하지만 너도 그렇고 나도 그렇고, 여기는 우리를 어지간히도 피로 물들여 버린 것 같군.』

수사자의 갈기와도 같은 긴 금발이 뒤로 넘어가며, 그의 두 눈을 분명하게 드러냈다.

이런 우리가 나가서 적응할 수 있을까? 그런 말을 토해 내는 눈이었다.

조나단은 위스키를 한 모금 더 삼켜 넘긴 후 내게 건넸다. 거부하지 않았다. 점점 자신을 풀어 버리는 조나단을 말리지도 않았다.

연희와 나는 이런 시간을 많이 가져 왔지만, 그는 수십 년 만에 처음이다.

언제나 공포의 제왕으로만 자신을 억눌러 올 수는 없는

법. 그에게는 오랜 친우에게 푸념할 시간이 절실해 보였다.

연희부터가 느낀 게 있었던지, 그에게 충분히 동조하는 모습을 보이고 있었다.

그런 것이다.

조나단은 이 시간을 위해 지금껏 버텨 온 거다.

그래서다.

오늘 하룻밤쯤은 내 친우를 위해.

*　　*　　*

일부러 취하려고 노력했다.

성일처럼 무턱대고 양으로 승부하려 하지 않았다. 고작 한 병이라서 한 모금 한 모금에 집중했다. 우리는 얼큰하게 취해 버렸다.

홍조가 피어오른 연희의 얼굴에는 어느덧 농염한 여인의 색기가 동반되어 있었다.

조나단은 중심이 기운 자세로 낄낄댔다. 나와 연희를 번갈아 보면서 박수도 치며 말이다. 술기운에 주위 풍경은 물에 빠진 수채화처럼 이지러졌다.

참지 못하고 연희와 키스를 나눠 버리자, 조나단은 더 크게 웃어 젖혔다.

"내 이렇게 될 줄 알았지! 축하한다! 축하해! 크하하하핫
―!"

얼마나 큰 소리였던지 오악이 우리를 확인하러 들어올
지경이었다.

조나단이 말했다.

"꺼져라. 올리비아. 네가 낄 자리가 아니다."

그의 주력 스킬.

염마왕의 강림이 그의 손아귀에서 활활 타올랐다.

내 스킬, 염마왕의 길과 같은 신의 이름을 달고 있기는
하지만 조나단의 주력 스킬은 첼린저 박스에서 띄우고 성
장시킨 만큼 상위 호환 격인 성향이 강했다.

5레벨의 숙련도에도 불구하고 세계가 파멸할 때 일어난
다는 불, 그 겁화(劫火)처럼 잘도 이글거렸다.

"죄송합니다. 주인님. 즐거운 시간 되십시오."

그는 오악이 나간 후에도 불길을 거둬들이지 않았다.

휘아아악―! 휙휙!

광대의 능수능란한 묘기처럼 천막 내부에 휘감아 돌렸
다.

"이런데도 구려? 흐흐흣."

"구려. 구려. 한참 모자라."

내가 말했고.

"꺄하하핫. 구리대. 안된다니까. 아무리 졸라도 소용없어. 나도 안 되는걸, 조나단 네가?"

연희가 맞장구쳤다.

혀 꼬부라진 소리들이 얽혔다. 이처럼 들뜬 분위기는 정말이지 오랜만이었다.

시간이 흘렀다.

연희는 비틀거리는 몸으로 내게 쓰러져 왔다. 그때도 일부러 그러는 거였다. 조나단의 시선 따위를 의식할 연희가 아니었다.

연희가 내 무릎에 앉았다. 어느새 낚아챈 술병을 수직으로 기울이며 떨어지는 마지막 방울에 혀까지 날름거리면서였다.

조나단도 비틀거리면서 일어났다. 취기에 중심이 흔들리는 걸 즐기려는 것 같았다. 흐느적흐느적. 그의 목소리도 그렇게 나왔다.

"이게 진짜 파티지. 구골 녀석들은 우리한테 한참을 배워야 해. 기껏해야 콜걸이나 불러 댄 것으로 파티가 빛날 줄 알어?"

"구골이라니. 대체 언제 적 얘기야. 그걸 다 기억하고 있는 거냐."

"으음…… 콜걸은 또 무슨 얘기일까. 아주 재미나게 노셨나 봐요?"

연희는 날 골려 먹으려는 눈빛을 띠었다. 장난기로 범벅진 눈매는 머지않아 헤픈 웃음으로 실실거렸다. 나도 따라서 웃었다.

조나단은 일부러 그걸 언급한 게 분명하게도, 술기운으로 가늘어진 눈을 연신 껌벅거리며 박수 치고 좋아했다.

전쟁이 끝난 것 같았다. 옛날, 평화의 세계로 돌아간 것 같았다.

흐릿해진 시야.

그리고 얼룩처럼 번져 있는 다양한 사물들 사이. 거기로 들어오는 두 사람의 웃음 띤 얼굴이 그렇게 만들어 주고 있었다.

"어지간히들 하지. 애인 없는 사람은 서러워서 살겠어?"

"왜. 올리비아, 예쁘던데. 너하고 잘 어울려 보였어."

"ㅎㅎㅎ."

"그나저나 우리 염마왕께서 위엄을 갖춰 놓아야 할 때가 아닐까?"

연희가 말했다.

"위엄은 개나 줘."

우리 모두는 뇌리를 거치지 않고 나오는 대로 지껄이고 있었다.

연희의 그 말이 끝났을 때였다. 미간을 좁혀 들어가자 천막 입구에 서 있는 여자의 모습이 보다 확연해졌다. 충격에 휩싸인 오악이다.

그녀는 풀어진 조나단의 모습을, 둠 카소의 화신을 처치한 일악처럼 쳐다보고 있었다.

당시 카메라에 잡혔던 표정이 딱 저거였다. 다 죽어 가는 와중에서도 둠 카소의 화신이 도망치는 것을 보고 저렇게 경악했었다.

그런 얼굴이 그녀의 주인에게 향해 있었다.

조나단이 그녀를 돌아보자, 오악은 황급히 표정을 지우며 고개를 숙였다.

"죄송합니다. 주인님. 급히 전해 드릴 일이 있습니다."

나만이 아니었다.

연희도 조나단도 파티를 끝내야 할 시점이란 걸 모르지 않았다.

둘의 피부가 드러난 곳. 그러니까 특히 얼굴에서 약간의 증기가 일어나기 시작했다. 알콜 냄새가 잔뜩 스며들어 있는 증기다.

나한테서도 마찬가지인지라, 증기가 아래에서 위로 시선을 뿌옇게 만들며 사라졌을 때.

좋았던 기분도 날아가 버렸다. 흔들리던 중심은 바로 섰다.

연희는 내 무릎에서 내려왔다.

조나단 또한 위스키를 들고 오기 전으로 돌아왔다. 공기가 무거워졌다. 순간 오악은 거기에 짓눌린 듯 얼굴이 경직되었다.

"상황은?"

"다양합니다. 대규모 병력을 대동해 온 곳도 있고, 길드장 본인이 소수의 공격대만 이끌고 온 곳도 있습니다."

오악은 그 사실을 몹시 분하게 여기는 듯했다. 모든 진영 중 가장 만만하게 여겨진 세력이 자신들이라는 것이.

반면에 조나단은 태연한 표정으로 나를 쳐다보았다. 오악의 시선이 조나단을 따라왔다.

"올리비아."

그녀의 실제 이름으로 불러 주었다. 오악이나 진 대신.

"예. 새로우신 주인님."

그녀가 조나단을 의식하며 대답했다.

"네가 본래 내 휘하에 속해 있었던 것처럼 그것들에게도 예정된 운명이 있다. 네가 할 일은 어렵지 않다. 그걸 다시금 깨우쳐 주는 것이지. 오딘의 이름으로 각 진영의 리더들을 여기로 소집시켜라."

"오딘의…… 이름으로 말씀이십니까?"

"그래. 나, 오딘의 이름으로."

＊　　　＊　　　＊

시작의 장이 열리기 전부터 여기를 준비해 온 세력이 있
었다.

주인도 세계에서 가장 강력한 영향력을 행사했던 인물
중 하나답게, 그 세력에 관여하고 있었을 것이다.

세력의 이름은 세계 각성자 협회였다. 잊힐 만하면 '조
슈아 폰 카르얀'이란 이름이 사전 각성자들로부터 나왔다.

레볼루치온과 투모로우 태생인 그들로부터 말이다.

"그가 올 거다. 영접할 준비를 갖춰라."

"그, 그라니요?"

"오딘. 그는 네 주인이기도 하다."

오딘? 조슈아 폰 카르얀인가? 세계 각성자 협회의 리더?

그래서 처음에는 납득되지 않는 명령이었다. 오래전 과
거에 어떤 밀약들이 있었든, 그것들이 의미를 잃어버리는
여러 사건들을 겪어 왔기 때문이다.

장이 넘어갈수록 시간이 흐를수록 그랬다. 새로 마주친
사전 각성자들은 든든한 동료가 아니라 위험한 적으로 나
타났다.

그때마다 주인은 그들의 도전에 맞서 왔었다. 대화는 점점 통하지 않았다.

매 장의 준비 기간 안에 무대를 통합해 놓아야만 했기에 피할 수 없는 싸움이었다.

시스템의 악의적인 부분이 사라지며 퀘스트에 의해서가 아니라 해도 학습되어 버린 그것, 또 인간 본성에 잠재되어 있는 그것까지는 어쩔 수 없었던 것이다.

하물며 2막 2장 후반부터는 퀘스트까지도 미쳐 날뛰었다.

그 모든 역경을 통해서였다. 주인은 오래전 바깥에서뿐만 아니라, 여기에서도 진정한 지배자 염마왕으로 재각성하였다.

모두가 주인을 경외하였고 주인께는 마땅한 위력이 있었다.

그러니 더 이해가 안 되는 것이었다.

주인께 조슈아 폰 카르얀은 경쟁자일 수밖에 없지 않은가. 여기에서나, 이후 바깥에서도 지배권을 놓고 사투를 벌이게 될 경쟁자!

그런 자에게 투지를 보이지 않다니? 도리어 영접할 준비를 갖추라니?

그런데 알고 보니.

오딘은 조슈아 폰 카르얀이 아니었다.

주인은 세계에서 제일 유명한 인사였다. 독재 국가가 아닌 이상에야 본래 한 국가의 정상들은 임기를 마치면 영향력을 잃기 마련이지만, 주인의 황금 제국에선 언제나 그가 최고의 권력자였다.

교류했을 인사들도 그에 준하는 인사여야 했다.

하지만 오딘.

그 한국인 사내나 마리라고 불리는 한국인 여자도, 과거의 조나단 투자 금융 그룹의 주인과는 접점이 없을 사람들이었다.

각성 나이도 이십 대 초반쯤으로 보였다.

그럼에도 주인은 그들에게 격을 갖추지 않았다. 주인께서 잔뜩 취하고 즐거워하는 모습은 충격적이었다. 부러움마저 들 정도였다.

그렇다고 그 둘이 단지 주인의 옛 친구 신분으로만 그치냐 하냐면 또 아니었다.

장비를 걸치지 않은 바는 주인처럼 보관함을 사용할 줄 아는 것 같았고.

강력한 마루카 귀족을 일행처럼 데리고 다니는 기이한 행태만 봐도, 최소한 마루카 귀족을 압도할 수 있는 능력을 품고 있다는 거였다.

그들도 첼린저 구간이다. 그런데 취해서 커진 대화들은 더 믿기지 않았다.

비단 마루카 귀족을 압도하는 것에 그치는 게 아니었다. 그들은 주인을 몇 수 아래로 보고 있었다.

바야흐로 최종장이다.

다른 시작점에서 출발해 주인과 같은 전철을 밟아 온 리더들이 물론 있을 것이다. 그런 걸 감안해도 충격적인 등장이다.

그런데 뭐?

"네가 본래 내 휘하에 속해 있었던 것처럼 그것들
에게도 예정된 운명이 있다."

오딘이란 한국인 사내는 모든 걸 아래로 보는 것이었다.

그 순간 주인을 주인으로 모시게 된 날처럼, 심장이 내려앉았다. 가슴 깊은 곳에서 감정이 거세게 일어나기 시작했다.

둥둥둥.

심장 소리가 북을 치는 것처럼 울려 댔다.

그때는 남자의 명령이 자신에게서 나온 것처럼 동화되어
버렸다. 하지만 알콜 냄새로 가득한 거기에서 나왔을 때.

마루카 귀족의 공포스러운 시선을 마주한 직후.

흡!

제정신이 들었다. 미친 듯이 뛰던 심장이 천천히 가라앉
았다.

두 눈이 평소처럼 차갑게 돌아섰다.

'하지만 세월이 너무 많이 흘렀습니다. 오딘. 오래전에나
당신께 속했지, 지금에 이르러서는 실망만 드실 겁니다.'

올리비아는 전투 준비가 한창인 광경을 뚫고 목책까지
도달했다.

망루에 오르자 현실이 부딪쳐 왔다. 모든 진영에서라고
해도 틀리지 않을 병력들이었다. 그것들이 거주지를 포위
하고 있었다.

다만 그들도 서로 간의 충돌을 의식하고 있기 때문에, 각
진영 간의 거리가 상당히 벌어져 있었다. 다양한 깃발들이
펄럭였다.

보고했던 대로 대규모 병력을 끌고 온 곳도 있고 정예만
추슬러서 보낸 곳도 있었다.

불현듯 올리비아는 1막 1장 때가 생각났다. 1막 1장의
보스 몬스터, 크시포스 군드락에게 붙잡혔을 때처럼 압박

감이 몰려들었기 때문이었다.

저것들의 군세에 겁을 먹은 게 아니다.

예측이 가능했다. 여기는 화약고와 다름없었다. 저 도화선에 불이 붙는 즉시, 최종장까지 도달한 모든 진영들 사이에서 폭발하고 말 것이다.

각성자들 간의 내전(內戰)이!

그리고 한번 시작되면 최종장에 돌입돼도 멈추질 않을 것이다.

얼마나 격렬한 전쟁이 지속될지는 구태여 겪어 보지 않아도 알 일이었다.

올리비아는 자신이 받은 임무의 중요성에 대해서 다시금 깨달았다. 오딘이 보였던 자신감처럼 그리되길 진심으로 바랐다.

하지만 현실은 언제고 기대를 저버리기 마련 아닌가.

올리비아는 무거운 시선으로 주변을 둘러보았다.

그녀가 첫 번째로 발걸음을 향한 곳은 세계 각성자 협회 (1)이었다.

어쨌거나 레볼루치온과 투모로우를 한데 아우를 수 있는 조직이면서, 가장 많은 병력을 몰고 온 집단이 바로 거기니까.

　　　　　*　　　*　　　*

　어김없었다.

　다른 무대들도 치열한 삶을 똑같이 관통해 왔다.

　올리비아는 독살스러운 기운들로 집약된 시선을 달고 걸었다.

　그들의 무장에서 발광하는 색채보다도, 그렇게 번뜩여 대는 시선들이 더 또렷하게 느껴졌다. 더 깊숙이 안내를 받았다.

　그러자 무슨 일이든 할 수 있는 준비가 되어 있는 자들이 보였다.

　설사 그것이 카니발리즘에 바탕을 둔 명령일지라도 눈 하나 깜빡하지 않을 자들이었다. 인원수라 해 봐야 한 개 공격대 정도.

　하지만 대단한 존재감 이상으로 외모도 역겨울 정도로 추했다.

　구울로 오인될 만큼.

　'역병?'

　바르바 군단의 역병에 전염된 정도가 심하다.

　보통 저렇게나 전염되었다면 죽는 게 당연한 게 아닌가?

　그러나 추한 외모일지언정, 엄연히 산 모습으로 자신을

응시하고 있는 것이었다. 확실히 최종장까지 오고 나자 처음 보는 현상들을 마주하게 된다.

"관심 끄는 게 신상에 좋을 거요. 당신이 얼마나 강한지는 모르겠는데, 여기가 어디인지 잊지 말라는 거요."

올리비아는 안내자도 그들을 무서워하고 있다는 걸 눈치 챘다.

모닥불이 타오르고 있는 곳에서였다.

세계 각성자 협회(1)의 리더는 거기 혼자서 고독하게 있었다. 마루카 귀족이 네크로맨서의 로브로 위장하고 있었듯이, 이 진영의 리더도 그걸 두르고 있었다.

올리비아는 불길한 느낌을 받았다.

해서 그녀의 두 눈은 퇴로가 될 만한 곳을 부지런히 쫓았다.

"처음 뵙겠습니다."

그때.

올리비아의 뇌리로 뭔가가 웅웅거리기 시작했다. 알아들을 수는 없지만, 올리비아는 그 느낌만큼은 알고 있었다.

첼린저들만이 사용 가능한 전음이 들어올 때 이와 같은 느낌을 받는다.

"육성으로 해 주십시오."

"조나단 헌터…… 살아 있냐고 물었다."

쇠를 긁는 듯한 목소리. 아니, 목청 어딘가가 찢겨져 나가 쥐어짜는 게 분명한 목소리가 후드 안에서 흘러나왔다.

목소리뿐일까.

네크로맨서보다 더 음산한 분위기를 자아내는 사내였다.

모닥불만 쳐다보고 있던 그의 고개가 들려졌을 때. 올리비아는 속으로 짧은 신음을 뱉었다.

'음!'

후드 안의 어둠 속을 꿰뚫어 봤기 때문이었다.

그 안의 것은 인간의 얼굴이라 할 수 없었다. 피부 조직들이 녹아내리다가 굳어 버린 듯했고, 전반적인 골격도 상당히 비틀려 있었다.

그 위를 덮고 있는 건 녹색 곰팡이 같은 오염된 딱지들이었다.

그가 바르바 군단의 몬스터가 아니라 인간이라 여길 수 있는 것이라곤 푸른 눈동자, 그것밖에 없었다.

"살아 있느냐?"

"그렇습니다."

"언제부터 함께했느냐."

"1막 2장부터였습니다."

일단 올리비아는 묻는 말에 대답했다. 그러자 목소리나 외모보다도 더 소름 끼치는 웃음소리가 크크크거리면서 나오는 것이었다.

집단의 정체성은 결국엔 지도층의 성향에 달려 있는 법이다.

올리비아는 그의 괴소가 내전을 알리는 포화 소리로 들렸다.

'세계 각성자 협회(1)…… 위험해.'

그런데.

"조나단에게 전하거라. 죽이러 온 게 아니니 안심하라고. 이 내가 지켜 주고 있는 이상, 다른 것들의 도발은 무시하라…… 약하긴."

그는 그 말을 끝으로 다시 고개를 돌렸다. 처음처럼 모닥불로 시선을 가져가되, 로브 밖으로 두툼한 손을 휙 저었다.

'지켜 주고 있다고? 이자는 대체. 설마?'

올리비아는 발끝에서부터 뇌전(雷電)이 타고 올라오는 듯한 느낌을 받았다.

그것이 머릿속에서 확 터지며 불러일으킨 이름 하나.

'조슈아 폰 카르얀!'

올리비아는 믿을 수가 없었다.

흐릿하게나마 기억하는 기자 회견 속의 인물은 반듯한 미남이었다. 얼굴을 정확히 기억하진 못해도, 명문의 품격을 머금었던 귀족스러운 분위기만큼은 뇌리에 남아 있었다.

"조슈아 씨 되십니까?"

그때였다.

그의 로브 어깨선 위로 녹색 안개가 아지랑이를 피어 올렸다. 그러고는 순간에 퍼졌다.

독무(毒霧)가!

그 즉시, 올리비아의 장비들이 위급한 빛을 발광하였다.

올리비아는 항변할 여유가 없었다. 거리를 벌리기에는 어디까지 이 안개가 퍼져 버렸을지 알 수도 없었다. 그래서 그녀가 반사적으로 소환해 낸 것은, 그녀의 주력이기도 한 소환물 진이었다.

진은 던전 막과 비슷한 영롱한 푸른 빛을 품은 채로 나타났다.

진의 크기는 4미터보다 컸는데, 거기 허공까지도 독무가 올라가 있었다.

확실히 진은 그녀의 생명줄다웠다. 숨 막히게 들어왔던 독무들이 진을 중심으로 밀려나며, 약간의 공백을 만들어 주는 것이었다.

"잠, 잠깐 제 말을!"

그제야 올리비아가 소리를 높였다. 하지만 더 빠르게 쇄도해 들어오는 게 있었다.

올리비아는 그것들이 어디서 시작됐는지 차마 보지도 못했다. 모닥불에 기운 그림자마다, 그러니까 올리비아 그녀의 그림자에서도 솟아 나온 것들 말이다.

인형(人形)을 띠고 있는 정체불명의 검은 소환물들이었다.

스스슷!

그것들이 일제히 진에게 날아들었다.

진이 한 팔로 방어 결계를 만들어 올리비아를 보호하기 시작하자, 검은 소환물 중 몇 개체가 집요하게 그 팔을 노렸다.

그때마다 독무는 물결 같은 파동을 치며, 주위를 환상 속의 공간처럼 만들어 버렸다.

진도 가만히 있지는 않았다. 눈에서 섬광을 토해 내며 긴 팔 한쪽을 휘두를 때마다 검은 소환물이 연기 같은 죽음을 맞이했다.

그래도 검은 소환물의 수가 압도적이었다. 죽여도 죽여도 줄지 않고 달라붙었다.

스르르—

마침내 올리비아를 보호하고 있던 진의 팔 하나가, 검은 소환물들이 죽음을 맞이했을 때와 똑같은 현상으로 증발하였다.

'억!'

올리비아는 갑자기 뭔가에 잡아당겨지는 것 같은 느낌을 받았다.

그러고는 내리꽂혔다.

쾅!

그녀의 거대한 진이 황급히 따라붙으려고 해도, 그림자에서 솟아 나오는 검은 소환물들이 만드는 연격의 결계를 뚫지 못했다.

[경고: 스핑크스의 반지가 무력화 되었습니다.]

[경고: 가네샤의 전투 발찌가 파괴 되기 직전입니다.]

[경고: 타라의 숭고한 목걸이가 파괴 되었습니다.]

[경고: 소환물 진이 위태롭습니다.]

[경고……]

경고. 경고. 경고!

충격과 동시에 메시지들이 솟구쳐 댔다. 올리비아가 눈을 부릅떴다. 네크로맨서의 로브를 두른 남자는 그녀의 배에 올라타 있었다.

한 손으로는 그녀의 목을 조르고 다른 한 손으로는 눈알을 파내기 위한 움직임이 막 시작되던 찰나였다.

"오……."

올리비아가 가까스로 소리를 냈다.

"오딘……."

남자의 거친 손톱 끝이 정확히 그녀의 동공 앞에서 멈췄다.
목을 쥐어짜고 있는 힘도 느슨해졌다.

"커억. 컥컥. 오딘께서 그분의 이름으로 모두를 소집하
라 하셨습니다."

그런데 설마.

올리비아는 유일한 인간 같은 구석, 남자의 그 푸른 눈동
자 위에서 순간 반질거리는 것을 발견했다.

"마스터께서……."

눈물이었다.

Chapter 8.

"오시리스?"

"세계 각성자 협회(1)의 리더입니다. 단독으로 들어왔습니다."

조나단과 부하의 대화를 들으면서 조슈아의 생존을 확신했다. 오시리스. 본 시대에서 조슈아가 썼던 코드명과 일치한다.

상위 무대로 특정되지 않았을 리가 없는데 여태껏 살아 있다니.

은연히 바라 왔던 일이면서도 사실상 불가능한 일이라고 생각해 왔었다. 이것만은 분명히 말할 수 있다. 조나단과 재회할 수 있었던 것도, 그의 무대가 2막 1장에서 상위 무대로 특정되지 않았기 때문이다.

나도 모르게 탄성이 터져 나왔다.

"조슈아다. 녀석이 살아 있다."

하지만 조나단은 조슈아가 들어올 방향을 향해 시선을 고정시킨 채 말이 없었다. 연희도 들은 것만으로는 그의 생존이 얼마나 기적 같은 일인지를 공감하지 못한다.

우리는 가까워지는 발걸음 소리에 귀를 기울였다.

투벅.

발걸음 한 번마다.

스으윽.

로브 자락이 쓸리는 소리가 났다.

소리는 오르까가 지키고 서 있는 바로 앞에서 잠깐 멈췄다.

입구의 천막을 걷어 올리며 나타났다. 녀석이 제 후드를 뒤로 끌어 내렸을 때 흉측한 몰골이 어둠 밖으로 튀어나왔다.

본 시대에서는 전직이라고 명명했지만 사실상 강화였다.

조슈아는 고위 역병술사로 강화됐다기엔 모습이 조금 달랐다. 보통 허리가 굽고 팔다리가 앙상해지기 마련이나, 녀석은 예전 그대로 건장한 모습이었다.

카르얀 가문의 혈맥을 잇고 있는 푸른 눈동자도 마찬가지.

"저를 알아보시겠습니까?"

"살아남았구나. 조슈아."

"대신 그 이름을 잃었습니다. 오시리스라 불러 주십시오. 마스터."

빠르게 스쳐 지나가는 대답이었다.

그러나 덩달아 묻어져 나온 체념이 내 마음을 무겁게 만들었다.

카르얀 가문의 푸른 눈동자를 변함없이 간직하고 있어도, 녀석부터가 사회와 등져 버리기로 한 게 틀림없었다.

실익에 밝고 계산이 빨랐던 녀석이다. 그러니 왜 모를까.

대중들의 눈에는 조슈아의 역병 딱지들이 지옥에서 얻은 훈장으로 보이지 않을 것이다. 그가 전면에 나선다면 우리 각성자들에 대한 두려움만 더욱 조장할 뿐이란 거다.

다만 조슈아의 변화는 스킬 북을 사용한 것만으로는 있을 수 없는 것이었다.

거기에 대해 묻자 짧은 설명으로 그쳤다.

특전이 있었다고.

그래서 2막 1장에서 살아 나올 수 있었노라고. 그렇게 100명도 안 남은 생존자들을 데리고 다음 장에 진입했었노라고.

온갖 비명 소리와 피비린내가 한 음절 한 음절마다 달라붙어 나왔다.

한편 조나단은 말이 없었다. 그가 겪었던 2막 1장과는 확연하게 다른 이야기였기도 했지만, 조슈아가 풍기는 분위기 때문으로 보였다.

그래서 그는 과묵하게 조슈아를 관찰하고만 있었다.

조나단을 쳐다보는 조슈아의 시선도 크게 다르지 않았다. 적인지 아군인지를 가늠하는 시선이 빠르게 오가는 것이었다.

그러다 조나단이 먼저 말했다.

"생환을 축하한다."

"⋯⋯."

"돌아오는 게 없나?"

"⋯⋯."

조슈아는 조나단을 향해 끝까지 말문을 열지 않았다.

그때 연희가 끼어들었다. 둘은 오래전부터 서로의 존재를 알고 있었지만 직접 마주하게 된 것은 지금 여기가 처음이었다.

"사춘기도 아니고. 혼자만 겪은 것처럼 굴지 마. 겨뤄 볼래? 누구의 지옥이 더 엿 같았는지? 간단해. 내게 저항하지 않으면 되는 거야. 기억을 들여다볼 테니까."

똑같았다.

조슈아는 일그러진, 그래서 참으려는 기색이 역력한 표정만 지을 뿐 대꾸하지 않았다.

나는 연희에게 고개를 저어 보인 후 발걸음을 옮겼다.

본시 세팅된 구성은 의자 네 개가 반원으로 둘러져 있어, 일렬로 배치된 나머지 여섯 개를 멀찌감치 마주 보는 식이었다.

맞다. 조슈아의 자리는 준비되어 있지 않았다. 그가 살아 돌아올 줄 몰랐다.

조슈아와 눈을 마주치며 일렬 쪽에서 의자 하나를 뺐다. 그것을 반원으로 배치되어 있는 쪽에 끼워 넣었다.

그렇게 반원 쪽에 다섯 개로, 생환한 조슈아의 자리가 추가되었다.

그 자리에 손을 걸치며 눈짓으로 불렀다.

"네 자리다. 조슈아."

자신을 오시리스라 불러 주라던 녀석의 청을 묵살했다.

그게 녀석의 뭔가를 건드렸던 모양이다.

놀랍게도 녀석이 눈물을 보였다.

짜증 난 듯 얼굴을 굳히고 있던 연희도 그때만큼은 제 눈가를 훔치는 것이었다.

　　　　　＊　　　＊　　　＊

　조슈아 다음 차례는 레볼루치온(30)이었다. 오딘의 이름
이 속임수일 경우를 대비한 것인지, 자신의 호위 군단을 들
여보내 주지 않으면 응할 수 없다는 식으로 나온 녀석이었
다.

　천막 안에 들어올 때에도 심복 하나를 달고 왔다. 들어오
고 나서야 비로소 체감되었기 때문일까. 들어오던 찰나에
보였던 여유로웠던 얼굴은 우리를 훑기 무섭게 그대로 경
직되었다.

　일단 팔악팔선 중에 하나는 아니었다. 녀석이 데리고 온
심복도.

　녀석이 상석, 그러니까 반원 대형의 중심에 앉아 있는 나
를 향해 곧장 요구했다.

　"정녕 당신이 그분이란 걸 입증해 보시오."

　조슈아에게 시선을 넘기자 녀석의 시선도 따라서 움직였다.

　후드를 다시 뒤집어쓴 그 어둠 안으로, 조슈아의 얼굴을
봤기 때문일 것이다. 그러나 조슈아가 풍기는 분위기가 여
간 음산한 것이 아니라서 녀석은 대놓고 경시하지 못했다.

　오히려 조슈아의 시선에 맞물려, 우리 전체의 시선들이
꽂혀 있는 이상.

녀석으로선 위험한 계산들을 할 수밖에 없었던 모양이다.

녀석은 준비가 되어 있었다.

자신이 할 수 있는 최고의 저항을.

그래서 녀석의 부푼 관자놀이 혈관으로 빠른 혈류의 움직임이 다 보이는 듯했다. 그래 봤자 쓸모없는 몸부림이겠지만.

"윌리엄 스팬서."

조슈아가 듣는 이로 하여금 소름 끼치게 하는 목소리를 긁어 냈다.

순간 커진 동공이 녀석의 이름이 틀림없다는 걸 알려 왔다.

그러고는 그 말에 답을 내뱉는 녀석의 눈은 더 확장됐다.

"조…… 조…… 조슈아 님……."

녀석의 시선은 곧 다시 내게로 돌아왔다. 점점 힘을 잃어 가던 녀석의 투지가 그때 확연히 꺼져 버렸다. 녀석의 몸이 앞으로 기울었다.

한쪽 무릎이 먼저 닿았다.

"레볼루치온(30)의 윌리엄 스펜서, 위대한 오딘을 뵙습니다."

　　　　　*　　　*　　　*

　"오딘께서 부르십니다. 참고로 다른 진영분들께
　선 전부 응하셨습니다."

　그 말인즉 마지막 차례라는 뜻이다.
　그렇지 않아도 각 진영의 리더로 추측되는 인사들이 꾸
준히 6진영의 거주지 안으로 들어간 것을 확인해 왔었다.
　또한 그쪽으로 어떤 충돌 없이 계속 조용한 걸 보면.
　'오딘이란 자가 맞긴 한가 보군.'
　드골은 골치가 아파졌다. 우려했던 일이 일어나고야 말
았다.
　오딘.
　투모로우의 창시자며 레볼루치온의 창시자이기도 한 그
와 결국 마주치고 만 것이다.
　그것도 오래된 전리품들을 하나하나 주워 담듯 모든 진
영들을 수거하고 있는 상태로.
　분열이 일어나길 원했지만, 더 두고 본들 시간만 흘려보
내는 꼴이었다.
　드골은 레볼루치온과 투모로우 태생들을 바라보았다.
　이제는 셋만 남아 있었다.

그들의 조언도 같았다. 모든 세력을 낳고 제 이름 아래 운집시킨 것을 별개로 쳐도, 오딘 본연의 무위는 또 얼마나 가공할 것이냐고 입을 맞췄다. 시간이 흘렀음에도 모든 진영의 길드장들이 고개를 조아린 데에는 그럴 만한 이유가 있다는 것이다.

회의 시간은 짧았지만, 드골은 세 조언자의 불순한 생각들을 눈치챌 수 있었다.

응하지 않으면?

그들부터가 반역을 꾀할 것 같았다.

'죽 쒀서 개나 주는 꼴이라니. 드골. 시스템이 너를 비웃는구나.'

결단을 마쳤다.

항거해 본들 병력부터가 열세였다. 내부의 움직임도 심상치 않고.

솔직히 긴장감을 감출 수가 없었다. 2막 4장에서 최후의 던전에 들어갈 때는 거기서 영원히 헤매고 다녀야 하는 운명에 처할지라도 각오가 되어 있었다. 강해지고 또 강해질 수 있으니까.

그런데 저 굴은 그런 곳이 아니다. 자신과 같은 전철을 밟아 온 자들마저도 굴종시켜 버린, 태초의 보스 몬스터가 권좌를 지키고 있는 곳이다.

'이게 얼마 만이냐. 인간이라는 족속에게 두려움을 느낀 것이.'

드골은 걸어 나갔다.

물론 자신을 변호해 줄 수 있는 오딘의 세 자식을 대동한 채였다.

진영 입구에서 당연하다는 듯한 안내가 시작됐다. 큰 천막 앞에 네크로맨서의 로브로 위장해 있는 것은 사람이 아니었다. 두 눈으로 직접 보고도 믿을 수 없다. 마루카 귀족이다.

거기서 먼저 섬뜩한 감각이 등줄기를 훑고 올라왔다. 마루카 귀족이 자아내고 있는 공포심때문만은 아니었다. 처치해 본 적이 있었지만, 그때야말로 낙오할 뻔했었다.

그런 마루카 귀족이 일개 사병처럼 천막을 지키고 있는 광경은 많은 의미로 오싹했다.

스윽.

천막 입구를 걷어 올리며 안으로 들어갔을 때.

제일 먼저 보이는 건 자신을 향해 고개를 돌린 네 사람의 얼굴이었다.

자리가 배치된 구성으로 보자니, 그들 넷은 오딘에게 불려온 자들이며 자신과 똑같은 처지의 강자들일 수밖에 없었다.

그렇게 총 여덟 개의 눈동자와 마주친 순간.

드골은 바야흐로 최종장을 목전에 뒀다는 걸 실감했다.

비단 추격자가 없더라도 포식자는 같은 포식자를 알아보는 법이다. 그들 넷 중 가벼이 볼 수 있는 자는 아무도 없었다. 시선만으로도 무겁게 짓눌러 오고, 자신을 시험해 보는 듯한 눈빛들이 전부 날 서 있었다.

독종(毒種)의 눈빛. 위력자의 눈빛. 심지어 눈꼬리가 처져 얼핏 보면 선량해 보이는 것에서도 지배자의 빛을 품고 있었다.

하지만 머지않아 느껴졌다. 그런 눈빛들이야 오래된 흉터처럼 자연스럽게 머금어져 나오는 것이었는데, 전반적으로 자신의 투지를 끌어낼 만큼 최고조에 이르러 있지는 않았다.

다들 뭔가에 짓눌려 있기 때문이다.

드골은 그들을 짓누르는 힘이 웅크리고 있는 방향으로 시선을 옮겼다.

그쪽이 진짜였다.

진정한 군주들의 자리.

반원의 중앙에 아시안 남자가 앉아 있고, 오른쪽으로 아시안 여자, 왼쪽에는 백인 남자가 있었다. 그 옆인 양 끝자리 중 하나는 역병에 걸린 남자가 있었고 반대 방향의 끝자리는 비어 있었다.

'조나단 헌터.'

드골은 실로 오래됐어도 여전히 기억하고 있는 남자의 얼굴부터 바라보았다.

바깥에서 부의 정점에 있었던 남자. 그는 여기에서도 정점의 한 자리를 차지하고 있다.

그다음으로 시선을 살짝 옆으로 움직여, 역병에 걸린 남자를 쳐다보았다. 상태 창을 꿰뚫어 보지 않아도 느낄 수 있다.

조나단 헌터가 여기에서도 권좌에 앉아 있는 건 인정할 일이지만 그는 거기까지였다. 그러나 역병 걸린 남자는 달랐다.

그에게서 풍겨 나오는 분위기는 자신에게까지도 죽음과 공포의 냄새로 부딪쳐 왔다.

같은 공간에 있을지언정 실제 존재하는 영역이 다른 자다.

죽음을 관장하는 수많은 신들의 이름이 있지만, 그 어떤 것인들 그는 전부를 수용할 수 있을 것 같았다. 강자 중에 강자들만 모인 자리. 그 안에서 그는 고독하고 위험해 보였고, 그래서 자신의 위기 본능을 깨우쳐 주는 자였다.

드골은 일부러 반원의 중앙에서 시선을 비켜 갔다. 아시안 여자.

왜 여기인가? 모두를 압도하고 있는 힘이 여기에서 나오고 있는 것인가?

특성 추격자가 전해 오는 아시안 여자의 형태는 실로 거대했다.

그런 거대함은 한 번도 겪어 보지 못한 것이었다. 거대함뿐일까. 제왕이라는 느낌보다는 마왕이라는 불릴 만큼 똘똘 뭉쳐 있고 강렬했다.

작은 체구는 껍데기일 뿐이다. 그 안에는 마왕 같은 힘이 도사리고 있어, 언제라도 그 거대한 날개를 펼치면 최고의 강자들이 모인 여기일지라도 피바람이 일기에 충분했다.

'이자들은…… 이 여자는 대체…….'

어느 정도 예상은 했지만 이렇게까지 곤두박질칠 것이라곤 생각하지 않았다.

그러나 직접 마주한 오딘의 최측근들은, 자신을 한없는 무력감에 빠지게 만들고 있었다.

'크윽…….'

마지막이었다.

이 모든 자들을 아우르고 있는 최고의 지배자.

정중앙에 앉아 있는 오딘에게 시선을 옮겼을 때였다. 드골은 비로소 더 끝이 없을 거라고 생각했던, 나락으로 떨어지는 것 같았다.

단지 말뿐만이 아니다.

칠마제의 한 제단에서 우연히 느껴 봤던 그 공포가 현존해 있었다.

특성 추격자는 몬스터와 함정 그리고 각성자들의 강한 척도를 전해 온다.

때로는 감각으로 때로는 형상으로.

그런데 그 순간 오딘에게서 보고 만 것은 거대한 눈깔이었다.

보는 것만으로도 온몸을 옥죄어 오는, 거대한 눈깔이 자신을 응시하고 있었다.

"이름."

어쩐지 멀리서 들려오는 것 같되 절대 명령처럼 깊숙이 찔러 들어왔다.

"드…… 드골입니다."

"주력 스킬은?"

"칼리의 칼입니다."

왜일까. 거대한 눈깔이 웃는 것처럼 보였다.

*　　　*　　　*

큭큭.

일선(一善).

드디어 만났구나!

놈과 눈이 마주쳤다. 그때 뇌리의 깊은 곳에서부터 울림이 일었다.

"피스(Fils), 데비!"

파시즘 체제하에서는 그들의 지도자에게 특별한 호칭이 붙기 마련이다.

그래서 히틀러는 퓨라라 불렸다. 무솔리니는 두체라 불렸다. 놈은 시스템이 낳은 자식이라는 뜻으로 프랑스식 피스(Fils)라 불렸다.

본 시대 말기로부터 반백 년이 넘게 흘러왔어도 선명하다.

전 대륙을 통틀어 몇 개 생존 구역만 남아 인류 멸종이 목전에 치달은 상황에서도, 놈을 향한 제 진영의 숭배는 변함이 없었다.

바다 너머에 역병이 창궐하고, 생존 구역과 바로 접경한 곳에 죽은 자들이 걸어 다니고, 포기해 버린 그 모든 땅들에 잔몹들이 바글거리는 말세에서도 말이다.

모두가 다양한 방법으로 미친 세상이었다. 미친놈들 천지였기에 미치지 않은 자들이 더 미친놈으로 취급되는 세상이었지 않은가.

그나마 이선과 그의 레볼루치온은 얼마 남지 않은 기득권을 지키는 한 방편으로 인류 생존에 힘을 쏟기라도 했지.

"피스(Fils), 데비!"

놈과 놈을 숭배하는 자들은 인류 생존 따윈 안중에도 없었다.

위대한 시스템에 불복하는 반대 진영과의 전투에만 매달렸다.

생존 구역들은 점점 줄어 가고 그 자리에는 죽어서도 걸어 다니는 자들, 역병, 몬스터 같은 독극물들만 넘쳐났다.

"피스(Fils), 데비!"
"피스(Fils), 데비!"

그만! 그만!

극악한 피스식 파시즘을 주도적으로 일으켰던 놈이다.

그런 놈의 사고방식과 천성은 이 전쟁의 승패와는 상관 없이 바깥으로 돌아간 후에도 사달을 일으키고 말 것이다.

만에 하나 내 신념이 아집으로 국한된 것일지라도.

놈을 용서할 수 없다.

그러니 날 두고 과거의 망령에 사로잡혀 있다며 손가락 질해도 좋다.

패배로 치닫고 있는 열세임에도 중요한 인력 하나를 제 거해 버리는 어리석은 자라 비웃어도 좋다. 그렇다고 눈 하 나 깜빡할쏘냐.

언제는 안 그랬던가. 나는 전생자, 놈은 내게 있어 드골 이 아니라 일선이다. 일선, 반드시 제거해 둬야 할 리스트 에 올라와 있는 놈.

놈만 내버려 두면 죽은 칠선, 팔선 자매만 원통할 뿐이겠 지.

바깥 세계는 그 세계의 어쩔 수 없는 규율과 질서가 있다.

그러니 무법 지대인 지금.

더 크지 않았을 때 끝낸다.

전공을 세우고 영향력을 키우며 더 강해지는 걸 두고 볼 생각이 없었다. 이 자리에서 당장!

잠깐.

놈에게 어울리는 죽음이 생각났다.

인드라의 칼을 가진 녀석이 그렇게 끝났듯이, 바로 그렇게.

[칼리의 칼을 시전 하였습니다.]

*　　　*　　　*

칼리의 칼과 시바의 칼은 같은 화염계로 폭발 효과를 가지고 있다.

다만 두 스킬의 차이점은 집중도와 범위에 있었다. 칼리의 칼은 인드라의 칼처럼 단일 대상에게 특화되어, 보다 막대한 피해를 집약시킨다.

그래서 시전 즉시 튀어나오는 화염구도 칼리의 칼 쪽이 작고 단단하게 보인다. 색채가 강렬하다.

그것이 놈을 향해 날아간다. 그러며 붉은 꼬리를 궤적에 이어 붙인 순간.

자리에 앉아 있던 녀석들부터가 기민하게 반응했다. 어떤 것은 천장을, 어떤 것은 외벽을, 또 어떤 것은 지면을 파고 들어갔다.

그중에서 가장 빠른 반응을 보인 건 일선 놈이었다.

전반적인 능력치가 훨씬 미약한 상황에서도 즉각 몸을 내뺐다. 그런 것을 보면 내가 공격할 거란 걸 찰나에 직감했던 것 같았다.

정신계일 리는 없다.

추격자인가? 본 시대에서도 그게 날 수없이 살리긴 했다만.

본 시대의 팔악팔선들에게 나는 모기같이 귀찮은 존재였던 반면.

지금 나는 놈을 죽이는 데 혈안이 되어 있는 것이 달랐다.

화염구의 스피드를 줄일 순 있어도 한번 쏘아 낸 궤적을 도중에 수정할 수는 없다.

화염구는 녀석이 서 있던 자리에서 멈춘 듯 매우 느릿해졌다.

대신.

[오딘의 분노를 시전 하였습니다.]

내 전신에서 뇌력 줄기들이 솟구쳤다. 허공을 향해서 쭉.

뇌력 줄기들이 허공의 한 점에서 소나기처럼 주위로 꽂혀 내려가는 광경이 잘 보였다. 놀라 도망친 녀석들이 천막을 다 뜯어 놨기 때문이었다.

녀석이 보유하고 있는 순간이동의 인장이라고 해 봐야 등급 낮은 것이었다. 높은 것이었어도 공간에 강렬한 균열의 움직임이 생겼을 때, 이를 가만히 두고 보지 않았을 것이다.

빠지직!

뇌력 줄기 몇 개가 놈의 진행 방향을 막아섰다.

그때 또 놈이 인장을 사용하며 방향을 틀었을 때에도, 그쪽에서 막을 치고 있던 뇌력 줄기들이 놈을 향해 손톱을 휘저었다.

빠지직. 빠지직—

놈 따위 하나 도망치지 못하게 하는 데, 오딘의 전장을 사용하는 것은 사치일 뿐이다. 뇌전으로 만든 결계만으로도 얼마든지.

놈은 그렇게 순간이동의 인장 두 개가 끝이었던 모양이다.

놈이 직접 몸을 움직여서 도망칠 수밖에 없게 되었을 때는 뇌전의 결계가 점점 좁혀지고 있던 때였다.

난 그걸 다루는 데 내 신체의 일부분을 사용하는 것처럼 능숙했다. 덩달아 갇혀 버린 다른 녀석들과 그들의 심복들이 뇌전의 위력을 실감하며 허둥대고 있는 쪽에는, 퇴로를 열어 주었다.

놈도 그 틈을 놓치지 않으려 했지만 어림없는 일이다.

뇌전 결계 안에는 놈과 나 그리고 오르까만 있었다. 놈은 나를 향해 고개를 틀었다.

급습을 당했어도, 해법을 찾기 위해 노력하는 얼굴이었다.

그 해법이란 어쩔 수 없이 이 결계의 주인에게 맞서 싸우는 것이라는 걸 바로 깨달은 얼굴이기도 했다.

그때 오르까의 뒷모습이 놈을 가렸다.

네크로맨서의 로브 속에 감춰져 있던 촉수를 비롯해, 녀석 본연의 능력들이 놈을 조여 가고 있었다.

나는 오르까를 다시 태어나게 해 줄 수 없다. 녀석을 탄생시킨 원종이 아니니까. 오르까에게 치명적으로 작용할 것은 놈이 아니라, 빠르게 좁혀지고 있는 뇌전의 결계였다.

이 얼마나 완전하며 절망스러운 복종이란 말인가. 어쩌면 놈이 앉을 자리에 오르까를 앉혀 두는 것이 백번 바른 일일지도 모른다.

오르까와 녀석의 거리를 벌리고, 오르까를 결계 밖으로 떼어 놓는 일은 어렵지 않았다.

이제 결계 안에 남은 건 정말 녀석과 나뿐이었다.

그리고 하나.

느릿하게나마 움직이고 있는 화염구!

그것의 진행 방향 끝에 놈이 있었다. 결계는 좁혀지고 또 내리 앉았다.

놈을 가둬 놓았다.

"왜냐! 왜!"

놈이 소리쳤다.

그랬었지. 나도 놈을 향해 저렇게 똑같이 외쳤던 적이 있었다.

차마 놈의 면전을 향해서는 아니었어도, 가슴 속으로는 몇 번이고 울부짖었었다. 본 시대가 더 진행됐었다면 우리 인류는 멸망했다.

그 대지의 생명령은 둠 카오스에게, 희생자들의 영혼은 둠 아루쿠다에게, 죽은 대지의 지배권은 둠 엔테과스토에게.

그래도 놈은 그걸 시스템의 위대한 뜻으로 받아들였겠지.

놈은 여러 개의 스킬을 연거푸 토해 냈다. 그러나 숙련도 부터가 덜떨어진 그것들로는 결계에 흠집을 낼 리가 만무했다.

놈의 최후 항변은 결계에 제 몸을 부딪치는 것이었다.

으드득.

이가 갈리는 소리 다음은 신음으로 이어졌다. 놈의 방어막이 고통을 상당 부분 흡수하고 있을지라도, 놈의 얼굴에 뚫린 구멍.

그러니까 눈, 코, 귀, 입으로 뇌력 줄기들이 난동을 피울 때마다 놈도 마구 행동했다. 그러다 놈은 끝내 결계를 뚫는 걸 포기했다.

놈은 부딪치기까지 얼마 남지 않은 화염구를 노려봤다.

그때까지도 화염구는 느릿하기만 했다. 속도를 높이지 않았다.

일악의 경우 죽음을 제대로 지켜보지 못했다. 그렇기 때문에라도 일악과 함께 인류 전체에 끔찍한 고통을 퍼트렸던 놈의 죽음만큼은 절대 잊을 수 없을 정도로 뇌리에 박아 둘 것이다.

우리 어머니를 살아 있어도 살아 있지 않게 만든 대가를 물을 것이다.

또 그걸 지켜보면서도 아무것도 할 수 없었던 내 고통에 대한 대가도!

빌어먹을 개자식!

죽어어어엇—

*   *   *

놈도 종국엔 칼리의 칼을 끄집어내기는 했다.

하지만 상위 개체에 잡아먹힌 꼴. 내 것과 닿는 순간에 없던 일이 되었다. 그때 놈은 자신이 어떻게 죽을지 모르지 않았다. 칼리의 칼이 대상에게 어떤 고통을 선사하는지 누구보다 잘 아는 녀석이었다.

마지막에 지었던 놈의 표정은 내 기대를 충족시켜 주었다.

파앙!

핏물과 함께였다.

놈의 살점들이 사방으로 튀었다. 대가리며 팔다리며 단번에 터져 버렸다.

그것들은 뇌전 결계에서 더 짓이겨졌다.

마지막에 남은 건 놈이 서 있던 자리에 만들어진 작은 피웅덩이가 다였다.

누가 복수를 허망하다고 하였나. 아직 벌이지도 벌일 수도 없는 일에 철퇴를 가했어도, 나는 기뻐서 온몸이 다 떨렸다.

일악도 내 손으로 이렇게 처리하고 싶었다. 칠마제도 이렇게 죽여 놓아야 한다!

"크크큭⋯⋯."

그때.

"크크크."

나를 따라서 웃는 소리가 뒤에서 들렸다.

조슈아였다.

그는 놀라 도망쳤던 한 녀석의 목을 발로 짓밟고 있었고,

주위에는 녀석이 대동해 온 심복들이 쓰러져 있었다. 개중 몇은 죽어 있었다.

폭발해 있는 기운은 거기뿐만이 아니었다.

크시포스 군드락의 왕.

연희는 그 군주다운 거체에 올라타서 자신이 만들어 놓은 살육의 결과물들을 내려다보고 있었다.

이미 제압이 끝난 상황이었다. 그때 크시포스가 뱉어 버린 점액질 속에 각성자들의 잘려진 팔다리가 보였다.

거기서 멀지 않은 쪽.

조나단이 한 각성자의 대가리에 다섯 손가락을 박아 넣고 있었다. 곧장 대가리 전체가 화염에 휘감겨, 고통스러움이 몸부림뿐만 아니라 비명으로도 토해졌다.

"으아아악!"

조나단이 시체로 변한 것을 한쪽으로 내동댕이치며 내게 걸어왔다.

질서 없이, 각 진영 간의 구분 없이 엉켜 있던 자들이 길을 비켰다.

그는 조슈아처럼 피에 목말라하는 눈빛을 번질거리지는 않았다. 그러나 여전한 전투의 열기가 그의 만면에 번져 있던 때였다.

그가 물었다.

"왜?"

"바깥까지 데리고 갈 수 없는 놈이다. 당장의 전투도 물론."

그렇게 대답하는데 몸 안에서 또다시 희열이 꿈틀거렸다. 죽였다. 놈을 제거했다!

조나단은 잠깐 조용해졌다. 그러다 그가 뒤쪽을 바라보면서 대꾸했다.

"잘됐군. 그렇지 않아도 정리가 필요한 시점이었다."

정확히는 조슈아와 연희에게 제압당한 다섯 자리의 주인들을 향해서였다. 일선이 죽어서 이제는 네 녀석뿐이지만.

문득 조슈아 주변에 쓰러져 있는 한 각성자가 시선에 들어왔다.

조슈아에게 깔려 있는 녀석이 자리의 주인 중 하나였기 때문에, 그자는 그의 심복으로 같이 들어온 걸로 추정되는 자였다.

"큭."

또다시 웃지 않을 수가 없었다.

본 시대의 사악(四惡) 제우스였으니까.

본 시대를 제 패권으로 물들였던 네임드가 부장급에 그쳐 있는 건, 비단 놈만의 경우가 아닐 것이다. 지금껏 살아 있다면 저기 어딘가에서 멍청한 얼굴을 하고 있겠지.

사악을 향해 발걸음을 옮겼다. 한 진영의 최고 자리까지
는 오르지 못했어도 바로 그 밑 선까지 올라온 놈 아닌가.

첼린저 박스를 영접할 기회가 수차례 있었을 터.

"으으으……."

사악은 쓰러진 채로 나를 물끄러미 올려다보았다. 저항
의 의지는 보이지 않았다.

음지에서만 활동하던 교활한 놈인지라 직접적인 악연도
없었지만, 구체적인 행보에 대해서도 알려진 게 많지 않은
놈이었다.

그런데 이것 봐라? 곤두서 있는 감각으로 포착되는 게
있었다.

보이지는 않았다. 하지만 놈의 주변으로 살짝 어긋나있
는 공간이 느껴졌다.

그건 순간이동의 인장이 사용될 때나 느껴지는 감각이었
다. 그러면서 보관함을 보유한 자들에게서 공통적으로 느
껴지는 감각이기도 했다.

팟!

개안을 할 수 있는 끝까지 심화시켰다. 그러고 나자 확실
해졌다.

놈의 통제하에 있는 아공간, 그 보관함이 보란 듯이 드러
났다.

그제야 놈이 부랴부랴 뭔가를 호소하려고 했다. 하지만 때는 늦었다. 아직 꺼지지 않은 벼락 줄기를 한 손에 휘감았다.

놈의 보관함을 파고들었다.

툭툭. 불필요한 것들이 손끝에 걸려 댔다.

그러나 마침내 손아귀에 감겨 들어오는 자루 하나가 있었다. 쥐자마자 익숙한 뇌전의 감각이 손아귀를 타고 올라오는 것이었다.

제우스의 뇌신 창.

세상 밖으로 제 모습을 드러낸 그것은 그리스 신화의 주신 이름이 붙어 있는 것이 당연하다는 듯한 위용을 품고 있었다.

"신병에는 그 주인이 따로 있다고들 하지. 네 생각은 어떠냐?"

"바, 바치겠…… 컥!"

바로 그때.

푸욱―!

조수아의 손톱이 놈의 목을 뒤에서부터 꿰뚫고 나왔다.

콰직!

동시에 놈의 대가리를 짓밟아 버린 것은 화염으로 이글대고 있는 조나단의 발이었다.

그리고 어느새 거체의 크시포스에서 뛰어내린 연희는 눈을 거멓게 물들인 채로, 숨이 붙어 있는 주변 것들 사이를 돌아다니고 있었다.

＊　　　＊　　　＊

제우스의 뇌신 창.

오딘의 황금 갑옷과 동등한 레벨인 620레벨.

뇌전(雷電) 효과가 응집되어져 있는 이 신병에 강화된 오딘의 벼락 폭풍이 추가되면 어떤 위력을 발산할까. 필시 일선은 물론이거니와 일악의 전성기 때에도 거머쥐지 못했던 위력으로 폭발할 터!

하지만 주변의 분위기가 겨우 가라앉았다. 시험해 보기엔 때가 아니었다.

조나단의 발밑에서 뻗친 화염이 죽은 사악의 목덜미를 타고 내려가는 중이었다.

조나단이 발을 떼자 잿가루와 불씨가 솟아올랐다. 날리는 불씨 속에서 보이는 그의 눈빛은 냉담했다. 이런 말을 하는 것만 같았다.

아이템을 뺏었다면 죽여 놓는 게 낫잖아. 어차피 앙심을 품을 것이니.

전투를 치른 이상, 그것의 생사를 재단하고 전리품을 취하는 것쯤은 승자의 당연한 권한이란 거다. 그는 허공에서 쏟아지는 아이템들을 향해 즐거운 목소리를 냈다.

"보물 고블린이 여기 숨어 있었군."

조나단이 그렇게 말하며 사악의 드랍 아이템 중 하나를 집어 들 때 조슈아도 하나를 낚아챘다.

그러다 둘은 동시에 괴성이 울려 퍼지는 쪽으로 고개를 돌렸다.

그쪽에선 크시포스 군드락의 왕이 거대하게 우뚝 서서, 겁에 질려 있는 사람들을 향해 포효하고 있었다. 거기서도 다시 전투가 시작될 수 있었다.

그때 나와 눈이 마주친 조슈아가 이번에는 목책 바깥을 눈짓해 보였다.

일선을 공격했던 행위 하나가 도화선이 되어 다양한 전투들을 촉발시켰듯이, 바깥에도 큰 움직임을 만들고 있는 것이었다.

그중 가장 많은 병력이 주둔하고 있는, 그러니까 조슈아 쪽 진영의 움직임이 제일 활발했다.

내가 고개를 끄덕여 보이자 조슈아는 즉각 유령 같은 신위로 자리를 떠났다. 조나단은 제 진영 사람들을 안정시키기 시작했고 연희도 애완물을 품 안으로 불러들였다.

그다음으로 자리의 주인으로 초대받아 온 녀석들 차례였다.

녀석들은 볼썽사납게 팽개쳐져 있다가, 내 앞으로 비틀거리면서 모였다. 레볼루치온(30)의 윌리엄 스펜서를 위시로 넷.

다들 패색 짙은 얼굴로 직전의 충돌은 자신들의 잘못이 아니라며 변명하기 급급했다.

안다. 난동 같이 일어났던 전투들은 이 녀석들 때문이 아니다.

대부분이 녀석들과 함께 들어온 자들로부터 시작됐다. 특히 윌리엄 스펜서가 데려왔던 호위 군단 쪽에서 그랬다.

제 진영의 리더가 공격받는다고 오인했기 때문이었을 터. 충성심이었든 자신을 보호하기 위해서였든. 아니면 그 전투의 열기에 휩쓸려 버렸든지 간에.

이제 하나의 기치 아래 움직이게 될 자들 아니던가.

나는 네 녀석을 목책 바깥으로 돌려보낸 후 항복자들 속에 대고 물었다.

"누가 드골과 함께 왔는가?"

셋이 응답했다.

그 셋까지도 제 진영들을 진정시키기 위해 돌려보내고 나자 주변이 제대로 보였다.

만(卍)자 모양으로 사지가 꺾여 죽은 시체도 널브러져 있었지만 정작 피해는 크지 않았다.

모든 진영의 리더들이 윌리엄 스펜서처럼 호위 군단을 이끌고 들어왔었거나, 내 사람들의 초동 대응이 느렸다면 더 많은 피해가 있은 다음에야 진정세를 찾았을 것이다.

한 번에 일어났다가 한 번에 식어 버린 열기 다음은 적막이었다.

모닥불이 타들어 가는 소리. 수군거리는 작은 목소리들이 나온다. 별들은 여느 때처럼 조심스러운 빛으로만 하늘에 박혀 있었다.

목책 안. 조나단 진영이 차지하고 앉은 자리는 잠잠해졌고.

목책 밖. 거기에서 들끓던 다양한 진영들의 움직임도 축 가라앉았다.

사태는 진정되었으니. 이제 한곳으로 모든 병력과 물자를 집결시켜야 할 때였다.

어디로?

당연히 레볼루치온(12).

최종장에서 1진영으로 배정된 그 중앙 지역으로 말이다.

거기에서 최종장을 맞이한다.

         *   *   *

"틀림 없으!"

정신계 프리야를 단번에 제압했다던 정체불명의 동양인 파티.

그건 오딘과 마리의 파티가 분명했다. 성일은 보고를 받자마자 온몸을 부르르 떨었다. 아닌 척하고 있었지만, 오딘의 생존을 염려해 왔던 그로선 감격에 사무치는 일이었다.

프리야 고년이 살았는지 죽었는지는 따위는 이제 알 바도 아니었다.

공격대를 꾸릴 것도 없었다. 이태한과 단둘이서만 오딘이 발견된 지역으로 떠난 지 얼마 안 돼서였다. 비상사태에 대비하여 조직해 둔 순찰대로부터 전령들이 따라붙어 오는 것이었다.

「 2진영의 20개 군단이 경고를 무시하고 진입 중. 추가 증원이 예상됨. 보다 가까이 접근했던 순찰대원들은 소식이 끊김. 발신 시각: 최종장까지 15일 14시간 34분. 」

「 3진영의 13개 군단이 접경 지역에서 포착됨. 발신 시각: 최종장까지 15일 13시간 10분. 」

「4진영 레볼루치온(30)의 14개 군단을 비롯해, 수
송 수레들이 접경 지역에서 교착 중. 발신 시각: 최종
장까지 15일 12시간 52분」

연달아 도착한 전령들은 기진맥진한 상태에서도 하나같
이 심각한 눈빛들이었다.

그러나 서로를 마주 보는 성일과 이태한의 두 눈 위로는
이채가 번뜩였다. 둘 모두 말은 없었지만 무슨 일이 일어나
고 있는지 직감되는 게 있었다.

아니나 다를까.

「4진영의 리더가 보낸 전갈입니다. 발신 시각: 최
종장까지 15일 14시간 22분.」

봉인되어 있는 전갈을 풀자.

「나 윌리엄 스펜서의 병사들은 중앙 무대로 집결
하라는 위대한 오딘의 명을 받들고 있는 중이다. 레
볼루치온(12)는 오딘의 군사들에게 문을 열도록.」

이태한은 저도 모르게 전갈을 쥔 손에 힘을 주었다. 거기
에는 정말로 구원자 오딘의 이름이 박혀 있었다. 그토록 기
다렸던.

"오딘이십니다! 오딘께서 전 진영을 통합하셨습니다. 전
진영이 우리 진영으로 집결하고 있는 중이란 말입니다."

좀처럼 감정을 잘 드러내는 법이 없어진 이태한이라도,
그때만큼은 성일을 향해 불을 토해 내는 듯했다. 성일은 참
고 있던 쾌재를 터트렸다.

"으허허헛! 내 말했잖으. 다 오딘 따까리여!"

이태한은 그 자리에서 다른 진영들과 충돌이 없도록 조
치를 취한 다음 속도를 높였다.

성일과 이태한이 조나단 투자 금융 그룹과의 접경 지역
에 도착했을 때, 구태여 감각을 끌어올리는 등의 작업이 없
더라도 그들의 움직임을 포착할 수 있었다.

자욱하니 일어나되 점점 가까워지고 있는 모래 먼지 때
문이었다.

먼지 속으로 대군의 행렬이 보였다. 그 뒤에 따라붙고 있
는 수레들도.

진영 하나를 통째로 옮겨 오는 것 같았다. 그 광경에 이
태한이 구원자가 사라졌던 세월들을 반추하는 동안, 성일
은 언덕을 뛰어내렸다.

최근 맴돌았던 소문들처럼 오딘이 정말 죽었을지도 모른다고 생각했기 때문이었을까.

먼발치, 먼지 속으로 보이는 오딘의 인형(人形)만으로도 그와의 첫 만남부터 그가 사라지기 전까지가 주마등처럼 스치고 지나갔다.

첫 만남은 우연이었지만 돌이켜 보면 필연과도 같았다. 덕분에 건질 수 있었던 목숨과 그의 숭고한 행보들이 얽히고 얽혀, 언제고 그리운 사람이 바로 오딘이었다.

진짜 같은 피가 흐르는 형제들 따위는 이제 얼굴도 가물가물하다.

하지만 오딘의 차가운 눈꼬리와 다부진 입매는 한시도 잊어 본 적이 없었다. 진짜 형제들보다 더 형제 같은 사람. 그래서 필연과도 같다는 것이다.

차가운 그 눈꼬리로 슬핏 웃으면서 '오랜만이군', 한마디 해 주길 얼마나 기다려 왔던가.

그럼 자신은 '그려. 오랜만이구만.' 하면서 멋쩍어할 수도 있는 것이고.

그게 머지않았다. 성일은 먼지 속에 감춰진 오딘의 인형과 거리가 좁혀질 때마다, 어쩐지 북받쳐 오르는 느낌을 참기가 힘들었다.

까짓것. 사나이가 이럴 때 눈물 한번 흘릴 수도 있는 거 아니겠어?

성일은 남의 시선 따윈 의식하지 않고 오래된 형제를 맞이할 준비가 되어 있었다.

그런데 휘이이잉—

난데없는 바람에 먼지가 걷어져 날아간 순간이었다.

오딘을 필두로 선두에서 선 자들의 모습부터 보였다. 오딘과 마리 누님 그리고 그 양옆에서 어깨를 나란히 하는 둘을 시작으로 뒤로 포진해 있는 온갖 인물들이 한꺼번에 나타났다.

어깨를 나란히 하고 있는 둘도 그렇지만, 뒤에 달고 있는 인물들도 타 진영의 리더급 인사로 보였다.

한층 더 뒤로는 다양한 강자들이 운집해 있었는데 성일도 익히 아는 눈빛들이 거기에서 발광하고 있었다.

어떤 것은 양복 입은 독사들이 짓는 영악한 눈빛이고, 어떤 것은 공대원들을 휘어잡는 공포스러운 눈빛이고, 또 어떤 것은 절대적인 자신감으로 가득 차 뒤를 돌아보는 법이 없는 눈빛이었다.

왜 모르겠는가. 그런 것들은 지도자들만이 가질 수 있는 눈빛이란 것을.

하지만 단연코, 최종장까지 올라온 지도자 중의 지도자들도 오딘의 뒤에서 순종하고 있었다.

오딘의 보폭에 맞춰 걷는 모양새나.

오딘이 한마디 하면 저마다의 방식으로 응대하는 모습들이, 웃는 가면이나 조심스러운 어떤 가면에서도 곧잘 나왔다.

더 멀리 끝이 보이지 않는 대군의 행렬은 또 어떻단 말인가.

그 모든 풍경들을 한데로 보고 만 성일은 깨닫고야 말았다.

오랜 형제가 오고 있는 게 아니었다. 최종장에 오른 전각성자들을 지휘할⋯⋯.

그래. 제왕의 행차였다.

"그려. 오래간만이구만⋯⋯."

성일은 혼잣말을 하며 집게손가락으로 코 밑을 훔쳤다. 눈물보다 먼저 맺혀 나온 그 콧물이, 오랜 형제를 향한 마지막 인사가 될 거란 걸 직감한 것이었다. 그걸 끝으로 발걸음을 멈췄다.

곧 마주하게 되면 고개를 조아리며 이렇게 말할 것이다.

위대한 오딘을 뵙습니다, 라고.

그분이 몰고 온 휘하 장수들과 군대 앞에서. 그렇게 자신 또한 그분의 밑에 예속될 것이다.

*　　*　　*

성일이 진행 방향 상에서 살짝 비켜서 고개를 숙였다. 다른 이들에게는 내게 경의를 표하는 성일의 모습이 당연한 것이겠지만, 연희는 그런 성일을 향해 눈웃음을 말아 감았다.

"살아 있었네. 성일아?"

연희가 반가운 목소리를 내도 성일의 고개는 숙여진 그대로였다.

"예. 마리 님 덕분입니다."

전라도 사투리를 짓누르는 티가 역력했다. 그때쯤 나는 성일을 불렀다. 그제야 들려진 성일의 얼굴에 부드러운 미소가 번졌다가 빠르게 사라졌다.

그 미소뿐 아니라, 봉인되기 전의 전반적인 느낌과 크게 달라지지 않은 것이 반가웠다.

당시에 없었던 것을 구태여 하나 찾아보라면, 내가 이끌고 온 자들을 훑어보는 눈매 정도였다. 강인해 보이는 자를 빠르게 쫓아보고 위험을 계산하는 반응이 보다 섬세해졌다.

그들의 시선을 의식해서 내게 경의를 표하는 모습도 그렇고.

그가 나와 눈이 마주친 순간에 무거운 목소리를 냈다.

"위대한 오딘을 뵙습니다."

성일이 합류하는 뒤로, 이태한이 달려오는 모습도 보였다.

그까지 합류하면 정말로 다 모인 것이다.

*　　*　　*

재편이 끝나고, 출진 전 마지막 날이었다.

"오—딘!"

"오—딘!"

어떤 면에서 여기는 구(舊)빌더버그 클럽을 세운 자들에게 이상향이 될 수 있었다.

모두는 국적과 인종 그리고 종교를 초월했다. 작은 세계 정부가 구축되어 있는 것과 다를 바 없다는 것이다.

실제로 사용하는 언어와 피부색이 다른 자들이 한 공간에 섞여 있어도 큰 문제가 없었다. 이는 실로 기적적인 일이다.

구빌더버그 클럽의 창립자들은 이런 환경을 바랐었다.

그들은 세계 시민들을 그들이 조장하는 대로만 움직여주는 노예로 만들기 위해 전쟁, 금융 위기, 정치 스캔들을 필요로 했었다.

하지만 최종장을 앞둔 여기는 그렇게 다양한 기법들을 활용하지 않고도 몬스터라는 조건 하나만으로 통제가 가능한 세상이 되었다.

다들 여기가 튜토리얼인 줄 안다.

그래서 일반 각성자들의 목적은 대부분 같다.

여기서 얻은 능력으로 바깥에서 뭘 할지는 부차적인 문제인 것이고, 결국엔 최종장에서도 생존해 바깥으로 나가는 것이다.

하지만 이들이 모르는 진실이 있다. 여기는 튜토리얼 따위가 아니라 진짜 전장이다.

구 빌더버그 클럽도 그렇고, 그것을 전신으로 삼아 새로 만들어진 전일 클럽에서도 진실을 숨겨 왔던 것처럼.

나는 이번에도 이들에게 진실을 들려줄 생각이 없었다.

"오—딘!"

"오—딘!"

이들에게 여기는 지금까지처럼 튜토리얼이어야 한다. 최종장만 끝내고 나면 바깥으로 나갈 수 있는, 단순한 희망 하나면 충분하다. 벌써부터 공포를 조장할 필요가 없다는 것이다.

약 50만 명의 각성자들이 똑같은 함성만 내고 있기에 사방은 열광의 도가니였다.

몸을 돌려 뒷문으로 빠져나왔다. 계단 끝에 큰 홀이 이어졌다.

거기에는 흥분하여 미쳐 날뛰는 기운이 조금도 없었다.

오랜 세월을 걸쳐 몬스터와 경쟁자들의 핏물을 머금고 당도한 이들이, 출진 전의 엄숙한 분위기로 나를 기다리고 있었다.

반원의 다섯 자리와 일렬의 5인석은 전과 동일.

다만 일렬의 5인석 뒤에 30인석의 자리가 추가되어 있는 게 다르다.

일제히 기립했다.

착!

연희도 얼굴에서 웃음을 지운 채였다. 내 자리를 찾아 앉는 것으로 반원 쪽은 이태한, 연희, 나, 조나단, 조슈아 순이 되었다.

"앉지."

나를 마주보고 있는 일렬의 5인석에는 변화가 있었다.

첫째로 죽은 일선의 자리에는 투모로우 출신의 중국계, 장위룽(張衛龍)이 앉았다.

그는 일선의 세 심복 중 하나였는데, 그가 자체적으로 다른 두 경쟁자를 누르고 그 자리를 차지한 것이다. 좋게 표현해서 눌렀다는 것이지 거기에서도 강자존의 법칙이 적용

됐었다.

셋이 사투를 벌였던 결과로 녀석의 얼굴 반쪽은 재생이 다 되지 않은 상태였다. 그쪽에 둘러진 붕대는 지금도 핏물로 젖어 들어가고 있는 중이다.

둘째로 레볼루치온(28). 연희의 시작점이기도 한 거기에서 나왔던 녀석은 성주환이라는 녀석으로 이 회동에 참석하기엔 격이 낮았다.

레볼루치온(28)은 전반적인 사정이 열악한 곳이었다. 그래서 녀석의 역할은 레볼루치온(28)을 중앙 지역으로 집결시킨 것까지가 끝이었고, 녀석이 차지했던 자리에는 이제 성일이 앉아 있다.

그렇게 일렬의 5인석 쪽은 장위룽, 윌리엄 스펜서, 성일, 이안 존스, 데보라 벨루치 순이 되었다.

참고로 이안과 데보라는 레볼루치온이나 투모로우 태생이 아니다.

일선이 그랬던 것처럼 제 무대의 사전 각성자들을 심복으로 부리고 있으며 그들은 30석의 한 자리씩을 차지하고 있었다.

30석의 자리는 일렬에 앉아 있는 녀석들의 심복이고, 나와 함께 시작한 레볼루치온(12) 출신의 인사들이다.

다들 나와 눈을 마주치지 못했다.

그래서 날 똑바로 바라보고 있는 지애 누나가 눈에 띄었다.

군나르손과 메이슨 사이에 앉아, 눈으로만 많은 말을 토하고 있었다. 누나와 다시 만난 건 여기서가 처음이었다.

그쯤에서 시선을 좀 더 넓게 가져갔다.

그럼에도 미하엘을 여전히 볼 수 없었다. 그의 주력은 헤라의 광기였지만 천부적인 전투 재능이야말로 진짜 주력이었다.

그런 이를 출진 마지막 날에서도 찾을 수 없었다. 투모로우를 설립하게 한 아오키 유리아 또한.

똑같이 찾지 못한 남은 팔악팔선들처럼 그들도 상위 무대로 특정되어서 갈려져 버린 것 같았다.

하지만 그들을 위해 슬퍼해 줄 사람은 여기 어디에도 없다.

오래전 미하엘을 곁에 뒀었던 조수아도 그를 찾지 않았다. 지금도 후드 속에 얼굴을 파묻은 채, 한 손으로 턱만 괴고 있을 뿐이다.

내가 말했다.

"나까지 합쳐 모두 40인이군. 하지만 이후 회동의 명칭을 오인회로 한정 짓는다. 지금부턴 협회 내 '오인회'에서

50만 각성자의 모든 걸 관리 감독하는바, 불만이 있다면 토로할 기회를 주겠다. 지금."

머리가 돌아가지 않는 자는 애초부터 저 자리들을 차지할 수가 없었다.

야욕을 채우려는 마음이 있다 한들 미뤄 둬야 할 때였다.

누군들 모를까.

마지막 남은 최종장만 꿰뚫고 나간다면, 협희의 그늘 아래서 이 구성 그대로 신세계의 주역을 맡을 것이라는 것을.

온갖 이권과 권력을 차지하게 될 것이라는 것을.

가만히 자리를 지키고 있는 것만으로도 본인들이 바라는 바들이 자연히 들어오게 될 것이다. 이 회동은 그런 자리였다.

세계 자본을 한데 끌어안고 있는 조나단 헌터부터가 지켜보고 있는 자리니까.

나는 30인석에서 한 사내를 쳐다보았다.

그는 이 회동의 영향력을 누구보다도 절실히 깨닫고 있을 자였다.

지금까지는 신중하게 입을 다물고 있기는 하다만, 바깥에서 이미 나와 조나단 그리고 조슈아를 아는 자였다.

구빌더버그 클럽의 멸망과 후신(後身) 전일 클럽의 탄생을 목격한 자.

유명 정치인이나 기업인이 아니라서 얼굴은 알려지지 않았지만, 아는 사람은 안다는 영향력 높은 저널리스트가 바로 그였다.

피터 D 프리드먼.

우리의 숨은 공로자.

빌더버그 클럽에 이어 전일 클럽에서도, 그는 우리를 위해 일한 바 있었다.

주로 클럽이 목표로 한 사업들에 우호적인 여론을 형성하고 클럽에 대한 관심을 외부로 돌리는 일을 해 왔었다.

물론 그의 확 바뀐 인상만큼이나 옛날이야기지만, 누구나 그렇듯 그도 바깥으로 나간 후의 일을 염두에 두고 있을 시기였다.

그때 내 시선을 느꼈는지 그가 천천히 고개를 들었다.

전일 클럽의 일원이며 세계 각성자 협회의 지도층이 된 자신의 위치를 잘 아는 얼굴.

감추기 힘든 야욕이 그 눈에서 순간 일렁거렸다 사라졌다.

야욕은 누구나 가지고 있다.

그게 문제가 될 건 없었다.

없는 게 더 의심 살 일이지.

　　　　　*　　　　*　　　　*

"여기까지 와서 낙오하고 싶은 자는 아무도 없을 것이
다. 살아서 돌아가고 싶겠지."

그 이유가 기억도 가물가물한 가족 때문인 자들은 여기
에 없다.

확신할 수 있다. 그러한 자들은 회동 자리 바깥에서 내
이름을 외치고 있는 이들 중에서나 찾을 수 있을 것이다.

5인석, 30인석에 앉아 있는 자들은 온갖 희생과 제물들
을 발판 삼아 여기까지 도달한 자들이다.

우리들의 시선이 미치고 있기에 얌전한 것이지, 한 명 한
명이 피에 찌들 만큼 찌든 자들이다. 전일 클럽의 구성원들
과 다른 것이라고는 양복 대신 방어구를 입고 펜 대신 무기
를 쥐고 있는 것뿐.

그때나 지금이나, 개인의 생존과 영달을 위해서라면 무
슨 짓이든 벌일 수 있는 자들이란 거다. 양심의 가책 하나
없이.

때문에 흡족했다.

본 시대에서는 이 위치에 있는 자들이 최종장에서마저
서로의 목을 노리기 바빴지 않았던가. 하지만 지금은 하나
의 이름 아래 통제되고 있는 것이다.

그런데 이걸론 부족하다.

특히 이것들에게는 좀 더 확실한 개목걸이를 채워 줄 필요가 있었다.

"최종장을 끝으로 무엇이든 누릴 수 있는 세상이 도래할 거라 생각하고 있을 것이다. 하지만 그게 너희들의 뜻대로 될 것 같은가. 너희들이 외면해 왔을, 뻔한 미래를 들려주마. 바깥 세계는 군부의 통제하에 있고 너희들은 소수다. 아직 최종장을 치르지도 않았다. 최종장을 치르고 나면 우리는 또 얼마나 줄어들까. 바깥에서 기다리고 있는 건 영광이 아니라 속박이다. 억압이다."

조용했다.

그렇게 조용히 눈에 살기를 띠는 녀석도 있고, 이어질 말을 담담히 기다리는 녀석도 있었다.

"바깥세상은 너희들에게 감사하지 않을 것이다. 필요에 의한 약간의 인정만 있을 뿐, 자유와 안전에 꾸준한 도전을 받을 것이다. 무법자로 활개 치다가는 네 옆에 앉은 자들이 군부의 명을 받아 네 목을 치러 올 것이다. 혹은 군부에서 내민 약간의 이권 때문에, 무법자가 된 네 동료의 목을 치러 다닐 수도 있겠지."

나만 할 수 있는 생각이 아니었다.

본 시대의 지도층에서도 그런 이야기가 돌았던 기억이

있었고, 지금에 오기까지도 녀석들 스스로도 몇 번이고 끄집어냈을 화제였다.

그럼에도 녀석들의 얼굴이 굳어지기 시작했다. 칠마제 군단에게 향해야 하는 투지를 바깥세상에 가져가는 녀석들이 여럿 보였다.

그 눈빛만으로도 이미, 바깥세상을 활활 불태우고 있었다.

나는 전일 클럽의 숨은 공로자를 손짓해 일으켜 세웠다.

"안목 높은 사람이다. 바깥에서 퓰리처상을 수상한 바 있는 저널리스트였지."

그에게로 시선이 쏠렸다. 흰 머리카락 사이로 예리한 눈빛을 숨기고 있었던 것도 잠깐. 내가 묻자 그가 곧장 대답했다.

"네가 말해 봐라. 그런 미래가 올 것 같은가?"

"오딘께서 재결하시기에 달렸습니다."

피터는 내 의중을 단번에 파악했다. 그래서 그의 설명은 거기서 끝나지 않았다.

"오딘께서 지니신 공능 때문만이 아닙니다. 바깥 세계에 이미 미치고 계신 영향력은……."

그가 그에게 쏠린 이목들 쪽으로 말을 이었다.

"전 세계를 지배하고 있다는 말로도 부족한 지경입니다."

그 뜻을 알아듣는 자가 얼마나 될까. 그 말로 전일 클럽의 존재를 떠올릴 수 있는 자가 얼마나 될까. 상관없었다.

이어진 피터의 설명은 누구든 알아먹을 수 있게 직관적이었다.

"오딘께서 바라신다면. 세계 각국에 선포된 계엄령을 해제하고 우리 각성자들에게 안전과 자유를 보장할 수 있으십니다. 세계에 세워진 질서는 모두 위대한 오딘으로부터 파생된 것이니, 오딘께서 재결하시기에 달렸다 말씀드린 것입니다."

5인석의 윌리엄 스펜서는 공식적인 칭호가 없는 변방 출신이지만 그래도, 영국 왕실과 떼려야 뗄 수 없는 유서 깊은 가문 출신이었다. 이안 존스나 데보라 벨루치도 사회 주류층에 속했다.

30인석 대부분도 사회 주류층에서 속칭 성공한 자들로 불렸을 녀석들.

녀석들로선 퓰리처상을 수상한 바 있는 저널리스트가 그들 사이에 있었다는 것도 흥미로운 일이겠다만, 그의 입에서 나온 이야기는 더 큰 호기심과 충격을 선사하기 충분한 것이었다.

지금껏 조나단 투자 금융 그룹의 조나단 헌터보다 더 위를 생각해 볼 수 없었을 테니까.

장내에 보이지 않는 두 개의 공기층이 서로 세차게 부딪

치듯 했다. 그런 충격이 차차 잦아들었다. 조나단과 나를 번
갈아 쳐다보는 눈동자들이 내게로만 집중되기 시작되던 때.

입술을 뗐다.

목소리에는 진심 어린 살의를 담아서.

"세계 각성자 협회는 시작의 장과 그 이후까지도 염두에
두고 조직되었다. 협회에 충성을 바치는 자는 협회의 이름
하에 이권을 누리게 되겠지만."

[* 보관함]
[오딘의 황금 갑옷이 제거 되었습니다.]
[제우스의 뇌신 창이 제거 되었습니다.]

"뇌리에 박아 두어라. 그 대가로 너희들의 생사를 누가
주관하고 있는지를."

[오딘의 분노가 오딘의 벼락폭풍으로 강화 되었습
니다.]

[오딘의 벼락폭풍을 시전 하였습니다.]
[대상: 제우스의 뇌신 창]

전율과 흡사한 떨림이 온몸에서 요동치는가 싶더니 터져
버렸다.

맹풍(猛風)이 토해져 나갔다.

천장이며 외벽으로 막혀 있던 공간이 순간에 뚫려 버렸
다. 어느새 미쳐 날뛰는 벼락들이 바람에 이지러진 형상 그
대로 휩쓸려 있었다.

그러고는 곧장 내 손아귀의 뇌신 창으로 빨려 들어왔다.

그것으로 내 앞자리를 찍는 순간.

콰아아앙—!

손아귀에서 퍼져 온 강렬한 느낌이 손목을 타고 찌릿하
게 머리끝까지 올라왔다.

뇌신 창과 바닥의 접합점에서 빛이 번쩍인 건 바로 그때
였다.

찰나에 포착된 벼락 줄기들은 미세하니 셀 수 없이 많았다.

그러나 그것들이 수직으로 치켜 올라가며 방향을 틀었을
때는, 끝이 보이지 않는 줄기가 되었다.

그것은 천공과 대지를 잇고 있었다. 한 사람이 소유하기
엔 가공할 힘이었다. 그런 것이 바로 내 눈앞에 펼쳐져 주
인의 명령을 기다리고 있었다.

"마지막이라고 목숨을 아끼는 것들부터가 진정 마지막
이 될 것이다. 가라. 최종장을 끝내고 우리는 다 같이 바깥

으로 나갈 것이다."

뇌신 창으로 한 번 더 바닥을 찍자.

빠지지직—

천공 끝에서 네 개의 벼락이 같은 수의 네 방위로 떨어져
나갔다.

각각 떨어진 저 먼 지점들이, 인장 빛기둥이 사용될 곳이다.

내 눈빛을 받은 연희와 조나단 그리고 조슈아와 이태한
이 몸을 일으켰다. 그들 뒤로 재편된 소속에 따라 큰 움직
임이 일었다.

5인석과 30인석뿐 아니라, 50만 각성자가 운집해 있는 곳
역시 크게 네 그룹으로 찢어지며 만들어진 움직임이었다.

처음의 길드들은 해산되었고 이제는 넘버링이 붙여지지 않
은 단 하나의 이름 '세계 각성자 협회' 안에서만 재편되었다.

그들, 나 오딘의 병사들이 전장으로 떠나고 있었다.

[최종장까지: 1일 0시 0분 0초]

째깍.

[최종장까지: 0일 23시 59분 59초]

승리해야 한다.

더는 남겨진 시간이 없다. 여기서 전황을 역전시켜 놔야
한다.

내가. 내가. 내가!

째깍 째깍 째깍……

[최종장에 진입 합니다.]

〈다음 권에 계속〉

정령왕

엘퀴네스

개정판

이환 판타지 장편소설

『숲의 종족 클로네』, 『은빛마계왕』의 작가,
이환 대표작 『정령왕 엘퀴네스』 완전 개정판!

어설픈 정령왕의 좌충우돌 모험기를 다시 만난다!

컬러 일러스트 · 네 칸 만화 · 캐릭터 프로필 & QnA
매권 미공개 외전 수록!

dream books
드림북스

『제왕록』, 『무림에 가다』 시리즈의 작가 박정수
그가 거침없는 현대 판타지로 돌아왔다!

『신화의 전장』

주먹을 믿지 마라.
우리가 살아가는 이 땅에 인간을 벗어난 자들이 존재한다.

dream
books
드림북스

수라전설 독룡

시니어 신무협 장편소설

ORIENTAL FANTASY STORY & ADVENTURE

"하나도 남김없이 모두 죽일 것이다.
놈들을 전부 죽일 때까지 절대로 끝내지 않아."

유구한 역사를 자랑하는 약문(藥門)들의 잇따른 멸문지화.

시체가 산처럼 쌓이고 피가 바다처럼 흐르는
절망의 지옥에서 마침내 수라(修羅)가 눈을 뜬다!

dream books
드림북스

무적 군주 로이스

ORIGINAL FANTASY STORY & ADVENTURE

오렌 판타지 장편소설

만인의 작가 오렌이 선보이는
또 하나의 매력적인 환상의 세계!

'한계를 깨뜨리고 진정한 운명을 개척해?
미스토스의 계약을 하라고? 이게 다 무슨 소리야?'

아무것도 모른 채 마화(魔花) 루비아나의 손에 키워진
로이스에게 미스토스 군주라는 운명이 주어졌다.

무한의 세계에서 펼쳐지는
절대 무적의 군주 성장기가 시작된다!

dream books
드림북스